JN080722

濱中修

# 家物語とその周辺

## ―女性たちの物語―

新典社新書 79

目　次

## 千手前と重衡



## 建礼門院妙音菩薩考

# はじめに

多くの異本群を含んだ『平家物語』、またその歴史物語から派生した数多くの作品は、今もなおわたくしたちの心を捉えて離さない。

貴族政治から武家政治への激動の時代相、武士たちの勇猛にして哀切な戦いぶり、栄華の絶頂から一転、都落ちして瀬戸内海を漂った平家一門の悲劇、などなどこの物語には、日本人が持った、歴史を扱った作品の中でも、特筆すべき多くの感動と示唆が詰まっている。

本書は、その源平争乱の中でも、男たちのかたわらにあって、波乱に満ちた人生を歩んだ女性たちを取り上げている。すなわち、平家方の女性三人、源氏方の女性二人の、いずれも中世では著名な人物である。

彼女たちの事績を知ることは、源平の争乱を側面から垣間見ることになるであろうし、彼女らを中世の物語がいかように描いているかを知ることで、中世人の女性観、そして彼女らの側にいる武将らの一面も透けて見えてこよう。

横笛の伝承は、身分意識のゆえに恋を引き裂かれた少女の悲しみに、宗教的な救いの問題を織り込んでいる。

浄瑠璃姫の物語は、中世において人々が盛んに往還した街道の文学というべき作品である。街道の遊女の長《おさ》の娘を理想的な姫御前として描き、そこに貴種流離の貴公子の義経を配している。

巴御前は、英雄木曽義仲の最期を華麗に彩った女武将である。彼女の存在がなければ、義仲のイメージがずいぶんと色あせたものとなっていたことであろう。

千手前は、駿河国手越宿《てごし》の遊女の長の娘であり、鎌倉に来て頼朝の側近くに仕えた女性であった。その彼女が、平家の貴公子の中でも最も教養と容姿にすぐれた重衡の最期を彩った女性である。本書では、彼女の純愛とともに宗教的な側面にも焦点をあてている。

建礼門院は、平家一門の栄華の象徴ともいうべき安徳天皇の生母であり、平家滅亡の後は一門の鎮魂の役割を担った女性である。その建礼門院を、一部の平家物語テキストは妙音菩薩の化身と記述している。本書ではこの問題を中心に、建礼門院に託した中世人の思いを探っていきたい。

彼女らは、男たちと同じようにその運命と誠実に向き合い、格闘した人生を送っている。そのひとつひとつがどのような像であるかは、本文を読んでいただきたいが、本書で取り上げた女性たちの描かれ方を眺めてみて気づかされるのは、中世人がこれらの女性たちの中に、ある種の幻想を重ねているらしいということである。それは、彼女らを単に類型に押し込めるというのではなく、彼女らの人生のとらえがたい諸相を、より実りある像として見んとする、中世人の思いの結果なのであろう。

# 横笛伝承考 —— 法華寺・天野別所 ——

## はじめに

横笛の伝承は、『平家物語』の中で、平維盛《これもり》の高野山逃避行の記事を語るに際して紹介されている。維盛が頼った高野山の僧侶・滝口入道（斎藤時頼）の若き日の恋愛悲劇譚である。武将や公家たちの権力闘争が中心をなす軍記物語においては、数少ない恋愛譚である。その魅力のため、たとえば、漸く尋ね当てた嵯峨野の庵で、滝口からつれない態度を示されて絶望した横笛は、長門本や四部合戦状本では、別れた直後に桂川にて入水したとしている。この展開は、横笛の恋心の激しさ、純粋さ、そして少女ゆえの一途さをよく物

横笛、滝口の庵を訪ねる
（京都学・歴彩館蔵「源平盛衰記図会」）

語っていて、恋愛譚としては秀逸である。であるがゆえに、後に『平家物語』に取材して成立した『横笛草紙』もこの展開を採用している。ところが、別のテキストではこの自然な展開を捨てて、一旦、東山の清閑寺に入った後に、桂川にて入水したとする迂遠《うえん》な経緯を語るものがある。或は、入水の件は放擲《ほうてき》して、奈良の法華寺に入った後に、ほどなく病死したとする本もある。

異本群はなぜ、自然な、また感動的な物語展開を捨ててしまったのか。そして、嵯峨野にて横笛の悲劇的にして可憐な生涯が完結しないで、その伝承地が他の地域へと移ったのはなぜか。本章は、横笛伝承の異伝の検討を通じて、伝承の展開を誘った要素を考えていきたい。横笛とそれらの地との結びつきの理由も、個々の伝承がもつテーマ性と併せて考えることで、新たな相貌を示してくれることとなろう。

## 一　法華寺の横笛

『平家物語』における横笛伝承は周知の内容ではあるが、論述の必要上、ここではまず長門本『平家物語』[1]によってその概要を見ておこう。

三条斎藤左衛門の子の斎藤滝口時頼は、平重盛（小松殿）に出仕していたが、重盛の妹である建礼門院の侍従であった横笛と二世の縁《えにし》を結んで通っていた。横笛は神崎の君の長者の娘で、その美しさは比類なく、清盛が福原から上京する折に相具して建礼門院へ参らせていたものである。二人の関係を知った時頼の父は、「然るべき世にあらん人の聟《むこ》子とも」しようと思っていたのに、横笛のような「世になき者」と割りなき関係となったことを責める。父と横笛との間に立って苦慮した時頼は、「親の諫を背かば不孝の身になりぬべし、従はば又あぢきなし。女の思ひをかうぶれば、五障三従の罪深しと思ひ切りて、生年十八の年、俄に菩提心を起し、嵯峨なる所にて出家」したのであった。その後、時頼の訪問がなく悲しんでいた横笛は、風の便りに時頼の嵯峨野での出家を知り、法輪寺に参籠してその草庵の場所を本尊に祈念する。忝《かたじけな》くも虚空蔵菩薩の示現によりその庵を知ることができた横笛は、さっそく教えられた庵を尋ねて、声をかける。折しも法華経の提《だい》婆品《ばぼん》を読んでいた滝口入道は、横笛の、今一度逢いたいとの涙ながらの声に心を乱しながらも、これこそは生死の絆であると返事もせずにいた。横笛は「後の世までと契りしに、早くもかはる心かな」と泣きながら庵を後にする。横笛は都の老いた母のことを気に掛けながらも、「かかるうき世に存《なが》へて、何にかかはせん」と思い、生年十七にて桂川に身を投げた。その騒ぎを不審に思った滝口が尋ねて行くと、あらざるさまに成り果てた横笛の姿を見つけるのであった。入道は自ら薪を集めて茶毘《だび》に付し、空しき骨を拾って高野山の奥の院にて行いすましていた。

このように、長門本や四部合戦状本は、嵯峨野での悲しい別れと、その後の横笛の桂川での入水を一連の出来事として描いている。このようにふたつの出来事をひとつながりのものとして、間を置かないで描くことで、横笛の失恋の悲しみの深さをより自然に表現しえている。

横笛入水（国立国会図書館蔵「横笛草子」）

ところが、『平家物語』諸本中には、その両者の間に、横笛の出家という記事を挿入するものがある。
覚一本と八坂本系統の百二十句本は、横笛が奈良の法華寺で尼となり、ほどなく恋の思いの積り故に病死したとする。

横笛、なさけなう、うらめしけれども、力なう涙をおさへて帰りけり。滝口入道、同宿の僧にあふて申けるは、「是もよにしづかにて、念仏の障碍《しょうげ》は候はねども、あかで別し女に、此すまゐを見えて候へば、たとひ一度は心づよく共、又もしたふ事あらば、心もはたらき候ぬべし。いとま申て」とて、嵯峨をば出て、高野へのぼり、清浄心院にぞ居たりける。横笛もさまをかへたるよし聞えしかば、滝口入道一首の歌を送りけり。

　　そるまではうらみしかどもあづさ弓まことの道にいるぞうれしき

横笛が返ことには、

　　そるとてもなにかうらみむあづさ弓ひきとゞむべきこゝろならねば

横笛は、その思ひのつもりにや、奈良の法花寺にありけるが、いくほどもなくて遂にはかなく成にけり。
（覚一本『平家物語』[2]）

しかし、滝口入道が住む高野山の近くの天野別所にて尼生活をするのなら十分に納得がいくが、なぜ奈良なのか。また同じく横笛の死とは言っても、滝口の出家した嵯峨野の桂川で入水したというのと、遠い奈良の寺に入って病死したというのでは、悲劇的恋愛譚としてのインパクトでは相当の開きがあろう。覚一本などはなぜ、横笛を奈良の法華寺で尼となったという設定をあえてしたのか。

この格式高い門跡尼寺で有名なのは、光明皇后が湯施行のため湯屋で賤形の僧（＝阿《あ》閦《しゅく》如来）を洗うという話と、彼女が観音の化身として観念されていたという伝承である。観音化身説は次のごとくである。

抑印土仏師来朝者。此天竺乾陀羅国帝見生王。欲レ奉レ拝二生身観世音一。発願入定三七日。告曰。欲レ拝二生身観世音一。従レ是東海州大日本国聖武王之正后。可レ拝二光明女之形一云々。（中略）爾後皇后見二仏師一時。非二后身女体之肉身一。顕二現於十一面観音像一也。則任レ仰観音三躯造立之一体者。使者仏師従レ身帰レ国。一体者安二置於内裡一。今法花滅罪寺観音也。一体者安㆓置施眼寺㆒也。

（『興福寺濫觴記』）[3]

横笛が入寺した法華寺は女性と観音に関わる信仰の寺として有名であったのである。

さて、横笛の話は、これを滝口の側から見れば、彼女の存在を機縁として滝口が仏道に入ったという話である。恋愛を機縁に男性が真の仏道に目覚めたという話は少なくない。

中でも、中世の特異な恋愛譚としての型をもつのは、「稚児物語」である。その代表的な作品たる『秋夜長物語』[4]では、恋愛対象たる稚児は観音の化身とされた。物語の内容は以下の如くである。

今は昔、比叡山の桂海《けいかい》律師は自らの仏道修行の至らなさを嘆き、石山寺に参籠して道心堅固なるを祈っていたところ、七日めの夢に容顔美麗な稚児を見る。叡山に帰ったのちもその面影を忘れえず、修行も手につかない。石

法華寺本堂

山観音にこのことを訴えようと再度参詣したところ、途中、三井寺の辺りで春雨に遭ったので、聖護院の庭先で雨宿りをする。その折、先の夢中の稚児と瓜二つの稚児を見かけ、桂海は心奪われる。叡山に帰ってからも、その稚児梅若への想い止み難く、梅若の侍童を通じて歌を贈ると、意外にも梅若君よりも返事があり、二人は相思相愛の仲となる。三井寺のさる房にて逢うことを得た二人の想いはさらに強まるのであった。叡山に帰った桂海が鬱々としているのを風の便りで耳にした梅若君は、心配のあまりに叡山を目指す。慣れない遠出に疲れ果て、唐崎の松の木陰で休息していた梅若君は、山伏姿の天狗に攫われて、大峯山釈迦獄に幽閉される。梅若君の突然の失踪は三井寺と比叡山の対立の発火点となり、両者の僧兵らによる武力衝突によって、三井寺は新羅《しんら》大明神を残して灰燼《かいじん》に帰してしまう。天狗たちの四方山《よもやま》話からことの顚末を知って悲嘆に暮れる梅若は、龍神の助けを得て都に帰還する。しかし、我が身ゆえの重大な災厄を目の当たりにして生きる意欲を失い、桂海への手紙を侍童に託して近江の瀬田橋より入水する。自殺を暗示する文面に驚いた桂海は、瀬田川下流の供御《くご》の瀬で、今は変わり果てた梅若を発見する。桂海は梅若を荼毘に付し、遺骨を守って西山岩倉に庵を結び、梅若の菩提を弔った。侍童も出家して高野山に上った。三井寺の僧たちは、新羅大明神の夢告にて、今回の事件は桂海を発心させるための石山観音の計らいであり、梅若君は観音の変化であることを知らされた。桂海は後に雲居寺の瞻《せん》西《さい》上人として貴賤より尊崇された。

比叡山の桂海はもちろん、既に僧侶であったわけであるが、貴賤から尊崇される雲居寺《うんごじ》の瞻西上人へと変身すべく「発心」したのは、恋人たる梅若の死を契機としている。三井寺の焼失という大災厄が、観音の方便であったという理屈はなかなか通じにくいが、「仏閣僧房ノ焼ケタルハ、造営スルニ財施ノ利益在リ。経論聖教《しょうぎょう》ノ焼ケタルハ、是ヲ書クニ転写ノ結縁アリ。有為《うい》ノ報仏豈《あに》消滅ノ相ナカランヤ」という宗教的論理が新羅大明神により三井寺の僧侶らに示された。

そして、さらに桂海と梅若に関しては「此悲シミニ依リテ桂海ガ発心シテ若干ノ化導ヲ至サンズル事ノウレシサニ、歓喜ノ心ヲバ顕シツルナリ。山王モ是ヲ賀シメ給ハン為ニ来リ玉ヌリ。石山ノ観音ノ童男変化ノ得度、真《まこと》ニアリガタキ大慈大悲カナ」とも告げるのであった。この明神の告示を受けて、三井寺の僧侶らは、「サテハ若公ノ身ヲ擲《なげ》玉フモ観音ノ変化也」と得心するのであった。

　恋人たる稚児梅若を観音の化身とする表現は、単なる文学的誇張ではない。天台教団の、一稚児二山王という稚児鍾愛《しょうあい》の風潮の中で行われていた稚児灌頂の秘儀はその証左であろう。この稚児灌頂の観念世界においては、稚児は「汝自二今日一已後本名下加二丸云字一、可レ称二某丸一。此灌頂是観音大慈灌頂也。（中略）汝、身深位薩埵往古如来也。故来二此界一度二一切衆生一」と観音そのものであると比定《ひてい》され、故に一切の衆生を救済する存在であるとされる。一方、その灌頂を受けた稚児と相対する僧侶は、「故我等一切衆生預二観音大悲一断二無明煩悩一之間、無レ過者也」と、観音との結びつきにより煩悩を断つとされる（『児灌頂私記』叡山文庫、真如蔵）。

　このように、稚児にせよ恋人にせよ、愛する存在に観音の面影を見ることは、中世においてはさして特異な発想ではなかった。

『平家物語』でも、文覚《もんがく》上人の出家由来譚として有名な、哀れなる犠牲者袈裟《けさ》御前は、夫の刑部左衛門や、誤って袈裟御前を手に掛けた遠藤盛遠文覚にとっては、「此女房ハ観音ノ垂迹トシテ、吾等ガ道心ヲ催シ給フト観ズベシ」（延慶本）と観念されていた。

　高野山に関わる中世の仏教的物語の文脈でも、男（僧侶）を発心へと導く悲劇的人物は、仏菩薩と見られていた。

　室町物語『三人法師』[5]の、高野山中における三人の僧侶のそれぞれの懺悔譚のうち、一人目と二人目のそれは連動する哀話である。足利尊氏の近習を務めていた粕谷《かすや》四郎左衛門は、主人の伴をして三条殿の屋敷に赴き、その酒宴の席で、給仕に出てきた美しい女房を見初めて恋の病となる。その後、出仕しない粕谷を心配して尊氏が医師や朋輩の佐々木を遣わして、病気の原因が女房への恋の病であることが判明する。尊氏の口利きでその女房と結ばれることとなった粕谷は、十二月二十四日に日頃信仰する北野天神へと久しぶりに参籠することにした。その夜の参籠中に、都にて若い女房が盗賊に殺された、という人の噂話に胸騒ぎを覚えて現場に駆けつけてみると、まさしくその被害者はかの女房であった。粕谷は我故にこのようなむごい最期を遂げたかと思い、やがてその夜のうちに出家して高野山に上り、この二十年ばかり女房の菩提を弔う日々を送っていた。この粕谷の哀話を聞いて、次に語り始めた玄竹（三条の荒五郎）は、その上臈を殺したかつての盗賊こそ自分であると、妻子を養うために無慈悲にもそのような所業に及んだ過去を隠さずに懺悔するのであった。

「さこそ無念におぼしめし候らん。いかやうにも愚僧を殺し給へ」と殊勝な姿勢の玄竹に対して、粕谷入道は、

たとひ世の常の発心なりとも、互に此姿になり候うて、何の心が候べき。まして此人故の御発心なればことさらになつかしく思ひ申すなり。まことにさも候はゞこの人は菩薩の変化なり。かゝる女人と現れて、無縁のわれらを助けんが為に、大慈大悲の御方便と思ひ候へば、なほ〳〵古こそ忘れがたく候へ。かゝる事候はでは、いかゞわれら出家して、うき世をいとひ、かの無比の楽をうけん事は、憂いの中の喜びなり。今日より後は同心なるべき事こそ、返す〳〵うれしく候。

と言って墨染の袖を濡らすのであった。

翻って考えれば、横笛も時頼を堅固な発心へと導いたからにはまさに彼を仏道へと導く善知識であり、その後まもなくこの世から消えた（死）のだから、横笛も観音と観念されても不思議ではない。

そして、そのような働きをした横笛が、観音化身伝説で有名な法華寺に入って、間もなく病死したとする『平家物語』諸伝本中の新たなる設定は、横笛に観音の面影を投影するためのものだろう。滝口入道が出家した京都からも、修行の地に選んだ高野山からも近くはない奈良の法華寺で尼となったという設定の理由としては、この寺の有名な伝承たる光明皇后の存在を考えざるをえない。横笛をして、奈良の法華寺へと入寺せしめた伝承の力とは、横笛の面影の中に観音の姿を見ようとする観念であったろう。

## 二　天野別所

高野山の麓に位置する天野《あまの》別所は「山上大門より乾《いぬい》の方に当たり、路程百五十余町を隔つ。山麓矢立辻・不動野・神田を経て二つ鳥居に出づ。これより左へとり、八町坂を下りて幽寂の勝壌《しょうじょう》あり。天野といふ。四周青巒連繞《せいらんれんにょう》し、その中に平坦あり。」（『紀伊続風土記』[6]「高野山之部」巻二〇　天野社上）という山中の幽邃《ゆうすい》境である。と共に、高野山との密接な関係から、「此地山巒《さんらん》四周して幽僻の地なれども、天野明神鎮まり坐る地なるを以て、常に参詣の人多く、年中神事祭礼も多き故、高野の僧徒常に往来し、或は来り遊ぶ者も多し。因《よ》りて村中旅舎茶店等あり。又滑稽様の事をなし、遊戯の業を産業とする者多く、山中寒陋《かんろう》の風少し。」（『紀伊続風土記』「伊都《いと》郡之部」巻四八　天野荘上天野村）と、丹生都比売《にうつひめ》明神への信仰を中心に高野山の僧侶などが多く参詣していた。

そのような、高野山と密接な関係を有する天野別所に、横笛が上ったという伝承が『源平盛衰記』巻三九[7]に紹介されている。

又異説には、横笛は、法輪より帰りて髪をおろし、双林寺に有りけるに、入道の許より、

しらま弓そるを恨と思ふなよ真の道にいれる我身ぞ

と云ひたりければ、女返事に

白真弓そるを恨と思ひしにまことの道に入るぞ嬉しき

其後、横笛、天野に行きて、入道が袈裟衣すゝぐ共いへり。

横笛がこの天野別所に来ることになったのは、もちろんこの天野が、滝口入道の住んでいる高野山の麓に当たるという距離の近さに由来するからではあるが、彼女がこの天野に引き寄せられたのには、彼女の先輩たちの影響もあったに違いない。[8]

この天野の土地は、高野山で修行する家族をもつ女性たちが、尼となって家族の世話をする土地としての性格を持っていたらしい。

西行法師は勿論、高野の聖としての一面を持っていた歌僧であるが、その妻と娘が天野にて尼となって住んでいたとする伝承がある。まず、西行仮託の説話集『撰集抄』巻九[9]では、長谷寺に参詣していた西行が、偶然にも妻と再会する場面が記されている。

其昔、かしらおろして、貴き寺々まいりありき侍し中に、神無月の上の弓はり月の比《ころ》、長谷寺にまいり侍りき。日くれかゝり侍て、入あひの鐘の声ばかりして、物さびしきありさま、木ずゑのもみぢ嵐にたぐふ姿、何となく哀に侍りき。扨《さて》、観音堂にまいりて、法施なんどたむけ侍りて後、あたりを見めぐらすに、尼念珠をする侍り。心をすまして念珠をすり侍り。あはれさに、かく、

思入てするずゞ音の声すみておぼえずたまる我なみだかな

とよみて侍を聞て、此尼声をあげて、こはいかにとて、袖にとりつきたるをみれば、年比偕老同穴の契あさからざりし女の、はや、さまかへにけるなり。浅猿《あさまし》く覚て、いかにといふに、しばしは泪《なみだ》むねにせける気色にて、兎角《とかく》物云ことなし。やゝ程経て、なみだをおさへていふやう、きみ心を発《おこ》して出給し後、何となくすみうかれて、よひ毎の鐘もそゞろに泪をもよほし、暁の鳥の音もいたく身にしみて、哀にのみ成まさり侍しかば、過ぬる弥生の比、かしらおろして、かく尼になれり。一人の娘をば、母方のをばなる人のもとに預置て、高野の天野の別所に住侍るなり。さても又、我をさけて、いかなる人にもなれ給はゞ、よしなき恨も侍りなまし。是は実《まこと》の道におもむき給ぬれば、露ばかりのうらみ侍らず。還て知識となり給ふなれば、うれしくこそ。別奉りし時は、浄土の再会とこそ期し侍りしに、思はざるに、身づから夢とこそ覚ゆれ、とて泪せきかね侍りしかば、さまかへける事のうれしく、恨を残さざりけん事のよろこばしさに、そゞろに泪をながし侍りき。扨あるべきならねば、さるべき法文なんどいひをしへて、高野の別所へ尋ゆかんと契て、別侍りき。

西行に捨てられて都に残されていた妻が、尼となって、高野山の麓の天野別所に庵を結んでいたのである。また、西行が出家するに当たって、縋り付くのを足蹴にされた娘はどうなったかというと、鴨長明の『発心集』巻六[10]によれば、彼女もやはり天野に辿り着いていたらしい。

さて〱、此の娘、尼になりて、高野のふもとに天野と云ふ所にさいだちて母が尼になりて居たる所に行きて、同じ心に行ひてなむありける。いみじかりける心なるぞかし。

西行と同時代を生きた俊寛僧正の悲劇は『平家物語』や歌舞伎でよく知られているところであるが、その娘も、亡き父の菩提を天野別所で弔ったとの伝承が『源平盛衰記』(巻十二)で紹介されている。僧正が幼少より召し使っていた有王《ありおう》は硫黄が島まで師を尋ね、その最期を看取って荼毘に付し、その遺骨を抱いて奈良で身をひそめていた娘の許を訪れる。

奈良の姫君に見せ奉りければ、悶え焦れて泣悲む事斜ならず。さこそ有りけめと、想像《おもいや》られて無慙なり。童申しけるは、御文を御覧じてこそ、御歎の色もまさる様に見えさせ給ひしか、硯も紙もなかりしかば御返事は候はず。思召されし御心の中さながら空しく止みにきとて、恨むる事の次第細々と申しければ、姫君涙に咽びて物も仰せられず、出家の志有りと仰せければ、有王丸兎角して、高野の麓天野と云ふ山寺へ具し奉り、其にて出家し給ひにけり。真言の行者と成つて父母の菩提を弔ひけるこそいとほしけれ。有王も、其より高野山に登り、奥の院に主の骨を納め、卒塔婆を立て、即ち出家入道して、同じく菩提を弔ひけり。

俊寛の娘は父が亡くなっているので、天野別所にて父の世話をすることは勿論なく、亡父の菩提を弔うのみであるが、横笛と同じく、高野山にて修行する僧侶の世話を焼いた尼のことが鴨長明の『発心集』巻一[11]に見える。

筑紫のさる地方に、田畑を五十町ばかりも持つ有徳者《うとくしゃ》がいた。ある日、その豊かな稲穂を眺めているうちに、突如として「惜しみたくはへたる物、何の詮《せん》かある。はかなく執心にほだされて、永く三途に沈みなん事こそ、いと悲しけれ」と無常を悟る心が強く起った。出家を思い立つが、一旦家に帰ったならば、家族や眷属《けんぞく》に妨げられるであろうと、そのまま何気ない風を装ってその地を離れた。

其の時、さすがに物のけしきやしるかりけん、往来の人、あやしがりて家に告げたりければ、驚きさわぎてける様、ことわりなり。其の中に、かなしくしける娘の十二三ばかりなる者ありけり。泣く〳〵追ひつきて、我を捨てゝは、いづくへおはしますとて、袖をひかへたりければ、いでや、おのれにさまたげらるまじきぞ、とて刀を抜き、髪を押し切りつ。娘、恐れをのゝきて、袖をば離して返りにけり。斯《か》くしつゝ、此れよりやがて高野の御山へ上つて、頭をそりて、本意《ほい》のごとくになむ行ひけり。彼の娘、恐れてとどまりけれど、猶、跡を尋ねて尼になりて、彼の山のふもとに住みて、死ぬるまで物打ち洗《すす》ぎ、裁ち縫ふわざしてぞ孝養しける。此の聖人、後には徳高くなつて、高きも賤しきも、帰せぬ人なし。

このように、天野別所には、高野山にて修行をする僧侶に献身的に世話をする尼の伝承が色濃く残っているが、それは単に、物理的な距離の関係だけに由来しているのであろうか。

そもそも天野にはもちろん丹生明神なるこの山を支配する女神が鎮まっていたのである

が、この女神と高野山との深い関係はよく知られている。

『今昔物語集』の高野山開創の神話がよく知られているが、その先蹤は、空海の『御遺告』[12]に見ることが出来る。

また、去《い》んじ弘仁七年、表して紀伊国の南山を請ひ、殊に入定の処となす。一両の草庵を作り、高雄の旧居を去つて、移りて南山に入る。厥《そ》の峯は絶遥にして遠く人気を阻てたり。吾れ居住の時頻に明神の衛護あり。（中略）彼の山の裏の路の辺に女神あり、名づけて丹生津姫命と曰ふ。その社の廻に十町許の沢あり、もし人到り着けば即時に障害せらる。方《まさ》に吾が上登の日、巫祝に託して曰く、妾神道に在つて威福を望むこと久し、方に今、菩薩この山に到る、妾が幸なり。弟子、昔現人の時に食国皇命《けくにすべらみこと》家地を給ふに万許町を以てす。南は南海を限り、北は日本河を限り、東は大日本国を限り、西は応神山の谷を限る。冀《ねがわ》くは永世に献じて仰信の情を表すと云云。如今件《じょこんくだん》の地の中に所有せる開田三許町を見る。常庄と名づくる是れなり。

高野山で修行をする空海に対して、土地を「永世に献じて仰信の情を表」したりして、その修行を「衛護」する丹生都比売明神が祀られているのがこの天野別所なのである。

そして、横笛らのように、高野山上にゆかりの男性僧侶がいる場合、彼らとまったく没交渉で、麓で生活するのではなく、西行や南筑紫上人や滝口入道に対してその身の回りを献身的に世話していたとする伝承は、高野山の仏教を守護しようと約束した丹生都比売明神の神話と重なるのである。

女人禁制たる高野山上で修行をする男性僧侶の身の回りの世話を、天野に居住する尼が行うことと、丹生都比売明神が高野山の密教を守護せんと約束したこととは、少なくとも矛盾は来たさない。

横笛たちは、安んじて高野山上の僧侶の世話を焼くことが可能となったであろう。

ところが、上述のような文脈には合致しない、横笛の天野伝承がある。

懐英の『高野春秋編年輯録』巻七[13]、治承

丹生都比売神像（国立国会図書館蔵「仏像図彙」）

四年秋七月の記事がそれである。

斉藤滝口入道時頼登山発心。是依三艶女見二激動一也。〇伝云。時頼與二遊女横笛女一交情。一時笛女以二怨心一故剃髪染衣。来閑二レ居天野里一。時頼伝聞。随喜感悦慕来レ之。発心住レ山。〇此事平家物語相反。

この高野山で伝えられていた伝承によれば、時頼が高野山に登山したのは、「艶女」の「激動」を見たからであるとする。そして艶女すなわち横笛の「激動」とは、彼女が一時的に大層な「怨心」を抱くことがあり、その故に「剃髪染衣」して、この天野の里に閑居するようになったこととされる。そのことを時頼が伝え聞いて、「随喜感悦」して、天野の里および高野山に慕い来たって発心したとされる。この流れは確かに『高野春秋編年輯録』が「此事平家物語相反」と述べているように、平家物語のそれとは相違している。平家物語では、読み本系であろうが、語り本系であろうが、まず時頼の突然の出家と、その後の横笛の絶望という順序は一致しているのである。

この高野山で語り伝えられてきた横笛伝承の異伝は、しごく簡略な断章ではあるが、これまでの『平家物語』の横笛伝承とは大きくことなった相貌を備えている。この『高野春秋編年輯録』の記事では、まず横笛が出家したとされている。この異伝では、時頼（滝口）を導く善知識としての横笛、といった性格がより顕著になっている。それは、高野山にて密教の聖地を尋ね歩いていた空海を導き、山を譲り、そして密教を守護し続けている丹生津比売明神に重なるイメージであろう。

この異伝は、長門本『平家物語』などの、恋破れて入水自殺を遂げる可憐な横笛像とは極北をなす横笛像と言えよう。しかし、この異伝は、奈良法華寺で病死したり、天野別所で滝口入道の袈裟衣を洗ったりという型の伝承の先鋭化したものなのであり、これらは別箇の思想を語ってはいない。

覚一本や『源平盛衰記』の伝承、さらにはこの『高野春秋編年輯録』の異伝は、横笛の可憐な悲恋物語から飛翔して、横笛という女性を、観音や女神

横笛恋塚

(丹生都比売明神)に寄り添わせ、彼女にそれらの仏神の面影を重ねようとする伝承者の思いに由来していよう。それは大きく考えれば、観音や女神の、現世への顕現を中世の人々がどのようにえていたのかという問題とも繫がっているであろう。

## 三　むすび

本章では、恋に破れた少女が、嵯峨野の桂川で入水したというよく知られている横笛伝承が、『平家物語』諸本のうちにはそのような展開を捨てて、奈良や天野で尼生活に入ったとする話が存在するのはなぜか、という疑問から考察をはじめた。

奈良の法華寺に入ったとする伝承では、法華寺の歴史をひも解くと、この寺が女性に近しい観音の寺であることに注目せざるをえない。また滝口入道は、横笛との恋の悩みから出家・発心に至るのであるが、恋人の存在が男性をして発心へと導く機縁となったとする中世の物語との類似も大いに注目される。中世の物語は、その恋人を観音の化身と捉える傾向があるが、横笛の伝承にもそうした観念が影響を及ぼしているのではなかろうか。

横笛が、高野山の近くの天野の里で尼生活をしていたとする伝承もまた興味深い。天野は、高野山で修行をする僧侶の家族がここに住み着き、僧侶を陰で支えるという機能を果たしていたようである。それは高野山で修行する空海を、高野山の守護神たる丹生都比売明神が天野の里で静かに見守るという宗教的構図とも一致する。

横笛伝承は、少女の失恋とそれゆえの悲劇が発端だったのであろう。そしてこの可憐な哀話が『平家物語』諸本の中で成長するにつれて、さまざまな宗教的な色彩をまとうようになってきたのであろう。

**注**

1 『平家物語長門本延慶本対照本文』（勉誠出版 二〇一一年）。

2 覚一本『平家物語』（新日本古典文学大系）。覚一本などは、横笛が滝口と悲しい別れをした直後に桂川で入水したという分かり易く自然な流れの展開を採用しないで、一旦、奈良の法華寺で尼となり、恋慕の心情の積りで病死したと記述する。似たような事例としては、鎌倉において、平重衡の世話をした「千手前」の場合がある。『吾妻鏡』では、千手前は、処刑のために重衡が、「上洛之後、恋慕之思朝夕不レ休、憶念之所レ積、若為二発病之因一歟之由人疑レ之云々」

（文治四年四月廿五日条）と記載されている。この顚末は十分に感動的と思われる。しかし覚一本・『源平盛衰記』はこの千手前を出家させている。つまりは、文学的感傷よりも仏教的論理を重んじたということであろう。横笛の場合もこの千手前と似た物語構想による展開がなされていることが読み取れる。

3 『興福寺濫觴記』（大日本仏教全書）。光明皇后の伝承については阿部泰郎氏の『湯屋の皇后』（名古屋大学出版会　一九九八年）に詳しい。

4 『秋夜長物語』（日本古典文学大系『御伽草子』）。猶、稚児灌頂に関する研究には、阿部泰郎「慈童説話と児」（上下）（『観世』一九八五年十・十一月号）、松岡心平「稚児と天皇制」（『へるめす』第六号　一九八六年三月）他がある。

5 『三人法師』（日本古典文学大系『御伽草子』）。

6 『紀伊続風土記』（巌南堂　一九七五年）。

7 『源平盛衰記』（芸林舎　一九七五年）。

8 滝口入道が高野山において止住した多聞院（現在の大円院）には、次のような横笛説話の後日譚が伝わっている。

平家物語、盛衰記其意たがはず。但し、滝口入道出家の後は多聞坊浄阿と名け、治承四庚子歳《かのえね》七月、此山清浄心院に来り、其傍らに庵室を結ぶ。其庵室を多聞坊と呼。其坊舎跡、今清浄心谷の入口にあり。むかしは此あたり多く客坊あり。清浄心院を所依の本坊として道心者のたぐひの客僧多く来りて住すとかや。又小松大臣の墓（瀧口入道の建立と云云）及浄阿多聞坊が塚なども現に本院の傍なる地にありといふ。又梨の坊にも瀧口入道の妻横笛、鶯となりて梅の樹に来り鳴。その梅を鶯の梅と云ひ、又鶯の死せし井を鶯井といふ。古跡も残れり。志かれば初には清浄心院の坊に住し、後には梨の坊に住する歟。依て盛衰記に梨の坊に住すと記せしは後の住所に従へて云。平家物語幷盛衰記本異には初の住所によつて爾《し》か書ける者ならん歟。

（『紀伊続風土記高野山之部』巻之十七　寺家之七　蓮花谷堂社家）

9 『撰集抄』巻九（『撰集抄全注釈下巻』笠間書院　二〇〇三年）。

10 『発心集』巻六（新潮日本古典集成『方丈記　発心集』）。

11 『発心集』巻一。高野南筑紫上人や西行法師の事例を見るにつけ、出家者とその家族のその時点における関係は、鋭い緊張、対立関係にあったということが出来よう。その強い対立構造が、時間を経て、高野山の麓のこの天野の里においては、両者の融合、和解の関係へと移行しているさまをこの両者の事例は示している。この空間の、融合・和解という性格は、とりも直さずこの土地に鎮まる丹生津比売明神のそれが影響しているのであろう。即ち、山上の高野山の僧侶の男性原理と、麓の天野の女神の女性原理との融和として、この関係を考えることが出来よう。

その基底にあるのは、真言宗における、密教を守る女神の神話群ではなかろうか。同じく真言宗の影響下にあった厳島の女神も、密宗を守護せんと宣言したと、東密の伝承で語られている。鎌倉時代後期、剱阿手沢本の『厳島大明神日記』（金沢文庫蔵）及び長門本『平家物語』を見るに、厳島の女神がいかに空海の密教流布に協力したかが窺える。

又擁護ノ詞ニ我一心精誠ヲヌキテ孤嶋ノ霊幽ニ詣ス。此即道心ヲオコシ仏法ヲ弘行セムガ為也。仍三十三ノ大願ヲオコス中ニ道心ノ願第一也。其文ノ心ニ云

一度参詣諸衆生　三途八難永離レ苦
和光同塵結縁者　八相成道常作レ仏

ト云ヘリ。一度参詣ノ輩ハ永ク悪道ニヲチズト御誓有。其証拠ハ弘法大師ニ御知印ヲモチテ其色ヲ顕ス。我朝ニ密宗ノ渡事ハ此ノ神ノ御願也。鎮西竈《かまど》門峯ヲ去テ此嶋ニ移セ給シハ、併ラ此志ノ故也。サレバ弘法大師此神ニ生合マヒラセ給ヘリ。（中略）御入唐ノ時ハ厳島ニ詣テ七日参籠有テ願ハ、我密宗ヲ伝ト思志懇切也。三十三願ノ中ニ第一ノ御願ノ如クハ

我ニ力ヲソヘサセ給ヘト祈請申サセ給フ。大明神アラタニ御対面有テ、我神武天皇ノ御代ノ立始ニ供御ノ峯ナルガ故ニ竈門山ニ居ストイヘドモ、彼ヲ去テ此嶋ニ遷リタル事、併此法ヲ興行ノ為也。トク〳〵御入唐有ベシ。我現ジテ力ヲソヘ奉ベシト云々。(後略)

(『金沢文庫の中世神道資料』金沢文庫 一九九六年)

こうした、東密とそれを守護する女神という構図も、その祖型は丹生津比売明神と空海との契約にあるのであろう。この祖型の延長上に、東寺における稲荷山荼枳尼天、神護寺・醍醐寺における清滝権現、そして宮島の大聖院と厳島弁才天の密接な関係も醸成されたのであろう。

12 『御遺告』(『弘法大師空海全集』第八巻所収 筑摩書房)。

13 『高野春秋編年輯録』巻七(大日本仏教全書)。『高野春秋編年輯録』が横笛のことを「遊女横笛」と記述していることは注目に値する。確かに『平家物語』諸本の中にも「横笛は先跡を尋ぬれば、神崎の君の長者の侍従が娘也」(長門本)などと、彼女を遊女の娘とする記載も複数ある。しかし、遊女の娘とする設定と、遊女そのものとする設定とではやはり相当な懸隔があろう。このことは、善知識としての横笛という観念と矛盾するのであろうか。一見するとそのようにも感じられるが、しかし我々は中世における遊女と菩薩との不思議なイメージの重なりの伝承を知っている。西行法師は江口の里で、性空上人は室の津で、遊女の中に菩薩を見ていたと伝わるし、そしてそれは説話集のみならず、たとえば能「江口」などを通じて、一般にもよく知られていた。遊女という記述と、彼女が先に出家し、それが滝口をも導いたという、一見すると矛盾するかのような二つの事象は、遊女の中に菩薩を見る中世以来の宗教的思念を思い起こせば、その矛盾は解消するであろう。横笛を遊女の娘どころか遊女そのものと記述することは、むしろ横笛の聖性をより強く印象づけることなのだろう。

# 浄瑠璃姫 —— 矢作宿の神話 ——

## はじめに

東海道は中世において東国と京都とを結ぶ街道として、武士・商人・芸能者・僧侶・歩き巫女など様々な人間と夥しい物資が往来した。鎌倉幕府が成立してからはその重要度は更に高まったし、それに比例するかの如くに、文学の世界でも、云わば街道の文学とでも言うべき作品が成立した。『海道記』『東関紀行』などの紀行文学は勿論のこと、『とはずがたり』などの自照文学でも、西行をはじめとする和歌作品でも、街道は重要な舞台となっている。それは西行の「年たけてまた越ゆべしと思ひきや命なりけりさやの中山」の歌一首を思い起こすだけでも首肯されよう。

東海道を往還した人々の職種は多種類に上るが、武士もまた重要な旅人である。いわく戦場に駆けつける軍団として、あるいは戦闘に敗れて故郷に向かう落ち武者として。

そのような街道を旅する武士の代表として、例えば源義朝とその子の義経を挙げることが出来よう。義朝は平治の乱における敗戦後、辛くも都を脱出して関東で再起を図るべく東国へと落ちて行く。その間の心温まる宿場の人々との交流や、肉親との悲しい別れの様子は『平治物語』に詳述されている。

義経の街道下りは、英雄の貴種流離譚の格好の題材として、『義経記』『浄瑠璃物語（十二段草子）』『山中常盤』『烏帽子折』『熊坂』など多くの作品で取り上げられている。中でも、『浄瑠璃物語』は、この物語を語った芸能のジャンルの名称になるなど大人気を博したようである。この物語は国民的な人気を得た作品であると同時に、いわゆる貴種流離譚としても典型的な要素を持つが、しかし、そうした類型の認定ですべてが言い尽くされたわけではなく、より細かく、また別の視点からの考察も必要とされることは論を俟たない。

本章では、三河国矢作《やはぎ》の宿（現岡崎市）の遊女の長《おさ》の娘である浄瑠璃姫と、源家の御曹司たる義経との交渉という物語の基本構造に着目することで、物語の底流に潜む型・思想を探って行きたい。

## 一 浄瑠璃姫の物語

浄瑠璃姫の物語は、流布本によれば次の如くである。

矢作宿の長者と三河の国司、伏見源中納言兼高夫婦には久しく子供がいなかったが、同国峰の薬師への申し子祈願により美しい姫を授かる。両親から大事に養育された浄瑠璃姫は、数多くの侍女に囲まれながら壮麗な館で何不自由なく暮らしている。そんな折、金売《かねうり》吉次《きちじ》の従者として宿を通り掛かった御曹司義経は、浄瑠璃姫の館の内を垣間見て、美しい姫と一夜なりとも契りを結びたいと、館の外で笛を奏でる。その音色から奏者の教養を推測した姫は、侍女の反対も意に介さずに義経を館に招き入れる。旅の若者を憎からず思った姫は、その夜、熱心な義経の口説きに心うち解けて

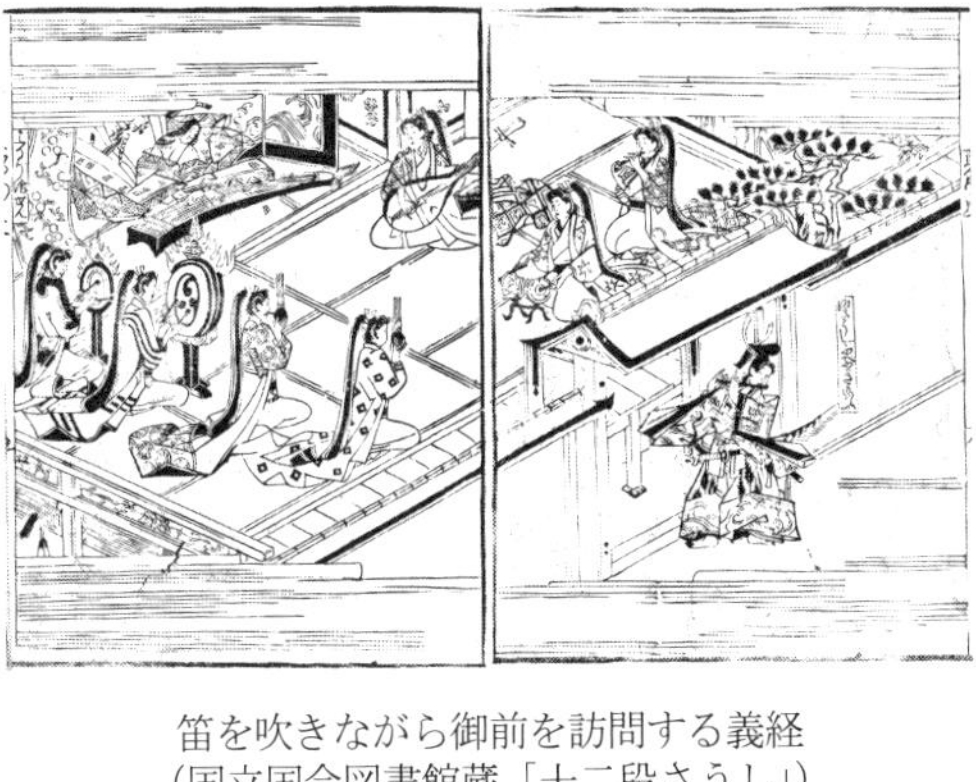

笛を吹きながら御前を訪問する義経
（国立国会図書館蔵「十二段さうし」）

契りを交わす。翌朝、吉次と共に旅立った義経は、駿河国吹上の浦で急病を患って、先を急ぐ吉次とはここで別れ、宿の者には邪険に扱われ、吹上の浜に打ち捨てられる。八幡神の夢の告げにてこれを知った姫は侍女の冷泉《れいぜい》を連れて吹上の浦に赴く。吹上の浜にて砂に埋もれて冷たくなっている義経を見つけた姫は嘆き悲しむが、その涙が義経の口に入って息を吹き返す。義経は素性を明かし、再会を約して別れる（『浄瑠璃十二段の草紙』[1] 慶長末期刊古活字十行本、東大図書館蔵）。

浄瑠璃姫は、東海道の宿場、矢作（矢矧とも書く）宿の長者（遊女）の娘という一面と、三河の国司の胤という貴賤両面を併せ持つ女性である。その浄瑠璃姫と契りを交わした義経も源家の御曹司という貴種の面と、金売吉次の従者という賤なる側面を持つ存在である。貴と賤との複合し

吹上での二人（国立国会図書館蔵「十二段さうし」）

た人物像が、彼らの魅力を形成しているのであろう。矢作における義経は浄瑠璃姫の愛を獲得するために巧みな笛や口説きを見せて能動的だが、終盤の駿河国吹上の浦では一転して奇病に冒されて無力に吹上の浜で打ち捨てられている。それと反比例の如くに浄瑠璃姫は八幡神のお告げによって義経の苦難を知ると、侍女の冷泉一人を連れて男の足なら五日のところを女の足ゆえに九日にて駆け付け、砂浜に埋もれていた義経を探し出すという積極的な面を見せている。しかも彼女は、仮死状態の義経をその無私なる涙によって蘇生させるという献身的な女性でもあった。

一旦は死の淵にあった者が、愛する人の流す涙によって蘇生する例は昔話の「お銀小銀」の場合の姉妹でも見られた。また降架後のキリストを抱きかかえる、慈母の姿を描いたピエタをも想起させて印象的である。鳳来寺《ほうらいじ》の峰の薬師の申し子でもある、浄瑠璃姫の慈愛の力を示すエピソードと言えよう。源家の御曹司にして稀代の英雄でありながら、兄との対立から流浪を強いられた義経の生涯の物語は、代表的な貴種流離譚であるが、この話型には弁慶などの庇護者が登場することが多い。幸若舞曲『伏見常盤』の母常盤御前をはじめ、浄瑠璃御前もその一人として考えることが出来よう。

義経の父である義朝の場合にも平治の乱の敗走中、東山道の美濃国青墓宿で長者の娘の延寿から庇護を受けているが、この青墓宿では後に、吉次の太刀持ちをさせられていた義経も、父の愛妾から厚遇を受けている（幸若舞曲『烏帽子折』）。義経における第一の愛妾たる静御前の場合も、鎌倉鶴岡八幡社での舞いの逸話などからは、義経を庇う遊女の面影が窺えよう。このような街道の遊女と貴種との濃やかな交流の物語は、これらの語り手が、同種の職種に従事する女性芸能者であったことに由来するのであろう。

浄瑠璃という近世芸能の名称は、中世末の浄瑠璃姫の物語の大流行に由来して付けられたものである。つまり、中世末から近世初めの日本人の琴線に触れる何ものかをこの物語が持っていたのである。吉次の下人でしかなかった義経を身分によってではなく、その人間的な魅力によって判断し、心を交わしてからは万難を排して恋人のために尽くす。中世の文学が作り上げた純粋にして崇高なる女性像の典型と言えよう。

## 二 所領を下賜する英雄

さて、先に記した浄瑠璃姫の物語のうち、末尾の二人の別れの場面に関しては、赤木文庫本『浄瑠璃物語』[2]（室町末期、絵巻三軸）は、「今は何をか包むべき。われをば誰とかおぼしめす。義朝には八男、常盤腹には三男、鞍馬の寺に住まゐする、牛若丸とは我が事なり。（中略）われはこれより、奥に下り、義経が先祖の郎党、秀衡を頼み、十万騎の勢を引率し、都へ上り、驕る平家を追討し、三河の国をば浄瑠璃御前に参らすべし」と記している。今現在は尾羽打ち枯らしている若者が、実は源家の御曹司でやがては大将軍となることを明示する宣言であるが、しかし慣れぬ旅に足から血を流しながら吹上の浜に辿り着き、仮死状態にある義経に示した浄瑠璃姫の心からの献身と、純粋にして崇高な愛の発露に対する義経の好意の示し方として、三河の国を与えるとか、他本の多くが記す、矢作の宿での六万貫分の所領を賜るというのはやや即物的に過ぎる感を受ける。

義経の街道下りの変型のような作品に、幸若舞曲の『山中常盤』[3]がある。

牛若丸（義経）は十六の春に平家を討つために奥州の秀衡《ひでひら》の舘に入った。手紙によってこれを知った母常盤御前は、逸《はや》る心を抑えかね、乳母の侍従と共に奥州への旅に出るものの、慣れぬ旅路に疲れて、山中の宿にて病に臥せてしまう。山中の宿には六人の盗賊がいて、都からの上﨟はよき獲物とばかり常盤らの宿を襲い、十二単《ひとえ》は言うまでもなく、小袖までも奪おうとする。常盤はこれに抗議したところ、盗賊らは情けなくも二人を殺害して立ち去ってしまう。瀕死の常盤は宿の主人に自らの事情を明かして、牛若丸の上洛を見るために道の傍らに土葬するように依頼する。一方、牛若丸は夢見が悪く、母のことが気にかかるのでただ一人上洛の旅に出て、たまたま逗留した宿の主人から常盤の無念な死を聞かされる。牛若は宿の主人夫婦と相談の上、奥州の大名が逗留しているとの噂を流して盗賊をおびき寄せ、六人すべてを退治する。これは御曹司十八の時のことであったが、廿一歳にて十万の軍兵を率いて上洛するに際しては、宿の主人に山中三百町を与えた。

この作品における義経は、実際に後日、大軍を率いて上洛する折に、親切にしてくれた宿の主人に三百町の所領を与えているので、この種のことはやや定型化した権力者の振る舞いという面があるのであろう。

街道の宿場の遊女宿の主人に恩賞を与える話としては、説経節の『小栗判官』[4]の場合も見逃せない。

横山殿の計略によって餓鬼阿弥の身となってしまった小栗は、藤沢の遊行上人の計らいで、土車《つちぐるま》に乗せられて、街道の人々の善意の綱に曳かれて、熊野の湯を目指す。父横山殿の勘気を蒙った妻の照手姫は、流浪の旅の果てに美濃国青墓《あおはか》宿の遊女屋に売られる。遊女勤めを拒否した照手に対して、宿の主人は水仕女《みずしめ》十六人分の仕事を彼女一人に押し付ける。旅の途中、それとは気づかない照手にも曳かれるなどしつつ、小栗は熊野の湯で元の身体に回復する。都では父の大納言兼家に対面して勘当を許され、帝からは美濃国を賜る。国司として青墓に乗り込んだ小栗は妻の照手と感激の再会を果たし、照手を酷く扱った遊女屋の長夫婦を処罰しようとするが、照手の助命の言葉に従い、かえって美濃国十八郡の総政所の役職を与えた。

このように、権力者として青墓宿に乗り込んで来た小栗は遊女宿の主人に恩賞を与えるのだが、一度は「人を使ふも由によるぞや。十六人の水仕が、一人してなるものか。なんぢらがやうな、邪見な者は生害、との御諚なり」と、照手姫に手酷い待遇を与えた主人を処刑しようとしている小栗が、照手の「御身のいにしへ、餓鬼阿弥と申してに、車を引いたその折に、三日の暇を請うたれば、慈悲に情けを相添へて、五日の暇を賜ったる、慈悲第一の長殿に、いかなる所知をも与へてたまはれの、夫の小栗殿」という言葉ですぐさま翻意するのは、やや不自然の感を免れない。つまり土地の有力者への所領の下賜という行為は、その地域を訪れた新たな権力者の、当然なすべき仕事として、物語世界では認識されていたのであろう。

街道下りの義経は、鞍馬山での稚児姿から、旅の途中、鏡の宿にて髪を整え烏帽子を被り、大人の仲間入りをする（『烏帽子折』）。また東下りの旅の最中に浄瑠璃姫と結ばれるのであるから、明らかに義経にとってのこの街道下りは、成人のための通過儀礼でもあったと言えよう。

成人儀礼としての旅を経験する若者の先蹤としては、『古事記』のスサノオの例がすぐに想起されよう。

スサノオの場合は母の国に行きたいと尋常ならずに啼《な》き騒ぎ、そのために青山は枯れ、悪神が跋扈《ばっこ》する始末なので、父イザナギによって追放されてしまう。退去の挨拶に姉アマテラスの許を訪問した際には、侍女を驚かせて死に至らしめるなどの乱暴を働いて、アマテラスの岩戸籠もりを引き起こし、オオゲツヒメの出した食事が汚らしいと、これも殺害してしまう。このような乱暴の限りを尽くして高天原《たかまがはら》を追放され、辿り着いた出雲にて土地の有力者の娘を大蛇の害から救ってこれと結婚、そのまま土地の王として君臨することになる。

さてこのような荒ぶる神たるスサノオと、若き時代の源家の御曹司義経の姿には共通性があるのであろうか。

義経の旅が成人儀礼としての旅であることは明らかだが、その旅は決して祝福された旅立ちではなかった。鞍馬山での生活は近いうちに僧侶になることの強要からの脱出であり、平家の都である京都からの追放という側面があろう。若い時代の牛若丸・義経の乱暴ぶりに関しては、『浄瑠璃物語』では窺えないが、若き日の義経を扱った諸作品、『義経記』

『橋弁慶』『山中常盤』『熊坂』などでは荒ぶる若武者ぶりが、特に『橋弁慶』では都の市中で夜な夜な多くの通行人を斬るなど、弁慶顔負けの荒々しさを示している。若き日の義経は、スサノオの乱暴ぶりを彷彿とさせる風貌を持っていたのである。そして土地の有力者の娘との結婚とそれを通じての権力の掌握。また結婚と相前後しての吹上の浜での試練は、スサノオの高天原追放に際してのそれに似通い、成人儀礼の試練としての面を示す物語的語法であろう。

『浄瑠璃物語』とは姉妹関係にある古浄瑠璃作品に『吹上』[5]なる作品がある。

金売吉次一行の従者として都を出た御曹司は、東海道は蒲原《かんばら》の宿場の菊屋に逗留した。この宿で御曹司は浄瑠璃御前への恋慕と旅の疲れにより病気となってしまう。吉次たちは宿の主人に看病を依頼して奥州へと下る。宿の主人は自らの娘の婿にと考えるが、浄瑠璃御前を恋い慕う御曹司が了承するはずもない。腹を立てた女房は流行病《はやりやま》いの者を宿に置くことは商売に差し支えありとして、主人の留守中に荒くれ者に命じて海に沈めようとする。しかし、御曹司の美しさに同情の念を覚えた荒くれ者どもは、命を奪うに忍びず、吹上の六本松に置き捨てる。不運な御曹司を守護すべく、源氏の重代の宝である友切丸、漢竹の横笛、左折の烏帽子、皆紅の扇がその身に立ち添っていたので、浦人は変化《へんげ》の者がいると して近寄らなかった。源氏の氏神の正八幡は、八十ばかりの客僧に身を変じて御曹司の前に現れ、矢矧宿の浄瑠璃御前への手紙を預かる。瞬時にして矢矧宿に到着した八幡神から手紙を受け取った浄瑠璃御前は、侍女の冷泉とともに、女人ならば九日の道のりを急いで三日にて蒲原宿に着く。宿の人々は姫のあまりの美しさに雪女かと疑い、宿を貸す人もない有様で、呆然としている二人の前に、箱根権現の化身が現れて、御曹司の許へと導く。吹上の砂浜に埋もれている御曹司を掘り出すものの、すでに冷たくなっている。姫の涙が御曹司の口に入り、それが薬となって御曹司は息を吹き返す。それに力を得て姫は七日七夜、かつは伊勢・箱根の神々に祈り、かつは看病する。ようやく回復した御曹司に浄瑠璃姫は、共に矢矧の宿に帰り、宿の長者となって欲しいと懇願する。御曹司は、平家を滅ぼした暁には姫を北の政所にしようと約束して奥州に下り、姫たちは大天狗小天狗に伴われて矢矧の宿に帰った（長門掾正本『古浄瑠璃正本集』第二巻所収）。

この作品で注目されるのは、吹上の浦での別れに際して、浄瑠璃御前が、義経に対して、あろうことか「いかにや申さんわか君さま。はるぐとあづまに下らせ給はんよりも、矢矧の宿にかへらせ給ひて、宿の長者とならせ給ひて、みづからを守護し給へ」と懇願している点である。矢作の宿の長者になれとは、すなわち遊女屋の主人になれということである。常識的に考えれば、源家の棟梁である源義朝の血を受け継ぐ義経が遊女屋の長に収まるなど無稽な発想である。ではこの発言は、恋人との別れに気が動転した娘の取り留めない言葉として無視すればよいのであろうか。

しかし、浄瑠璃姫の長への就任依頼と、これに対する義経の、近い将来の、矢作宿での所領の下賜が、対応関係を持って物語の構造の中で位置づけられているのであるから、この浄瑠璃姫のこの作品での表現は、孤立した偶発的な発言と捉えるべきではなかろう。むしろ、多くの浄瑠璃物語諸本が語っている矢作の長への所領の下賜という問題の深層心理を代弁して語っているのであろう。つまり、旅する若者が、在地の娘との結婚を通じて、その土地の権力者となる、というごく自然な物語の型を、である。

## 三　浄瑠璃姫の悲劇

『浄瑠璃物語』の諸本の多くは右に見てきたように、浄瑠璃姫への義経の所領の約束をもって物語を閉じているので、その限りにおいては本章はこの辺りで筆を擱いてもよいのではあるが、ごく少数のテキストにおいては、浄瑠璃姫の自害或は焦がれ死にを語る本もあるので、この点について考察を継続しよう。

奥州平泉に着いた義経は、秀衡に歓待され、再会した吉次には出羽国羽黒の脇に三百町を与える。天狗たちによって矢作に届けられた浄瑠璃姫は、矢作の屋敷ではなく笹谷《ささたに》に上って柴の御所に幽居して、義経の無事を祈って法華経を読む生活を送っていたが、平家方の侍女の文殊前は、義経が秀衡の娘と結ばれて源氏の繁栄を図っていると讒言する。これを信じて恨めしく恥辱と感じた浄瑠璃姫は、西に向かって念仏を唱えながら自害する。浄瑠璃姫自害の報に母長者は笹谷に上り、四十一にて尼となり、冷泉・刈萱《かるかや》の二人の侍女と共に旅に出て、三河国八橋近くの絹ケ淵にて身を投げた。上洛した義経は文殊前を鴨川に沈め、新たに北山の御前と浅からぬ契りを結んで天下を治めた（赤木文庫本『しやうるり御せ

ん物語』[6]山崎美成旧蔵、室町末期、写本一冊）。

自害ではなく焦がれ死にを語る本では次の如くである。

金売吉次の使用人ふぜいと結ばれたことに怒った母長者により、矢作の御所を追い出された浄瑠璃姫は、鳳来寺の奥の笹谷なる奥深い場所に粗末な小屋を設けて露の命をしのいでいたが、三年目のある日、義経の訪れを願う歌を詠んで命果ててしまう。上洛途中に姫の死を知った義経は、母長者を縛って矢作川に沈めた。その後義経は五万余騎にて上洛し、源氏の世をもたらした（ＭＯＡ美術館蔵『上瑠璃』[7]近世初期、絵巻十二軸）。

旅の英雄を庇護する女性、そしてその英雄と結婚する土地の有力者の娘という物語の構成からすれば、浄瑠璃姫が死を迎えるという設定は必ずしも必要ではないのではなかろうか。この物語を、もし英雄の成長と結婚の物語だと認めるならば、そこには幸福な結婚が暗示されているわけで、事実、最初に紹介した赤木文庫蔵『しやうるり』（室町末期、絵巻三軸）などでは、「平泉、秀衡が舘に着き給ふ。末繁昌とぞ聞こえける。」と、義経の幸福な将来を予想させる結語となっている。

これをあえて否定し、浄瑠璃姫をして死なせなければいけないほどの必然性が、姫の死を語るテキストにはあるのであろうか。

まず姫の自害を語る本であるが、その顛末は侍女の文殊が平家方の女なので義経の奥州における結婚という嘘を吹き込まれ、恥辱に感じて自害したとする。平家方の侍女の登場は唐突であるし、教養深い浄瑠璃姫が不確かな情報を妄信して自害にまで突進するのはその知性にそぐわない行為であろう。ましてや、吹上の浜の場面であれほど感動的な愛情を確認しあった二人の物語が、つまらない嘘と誤解から一方的に自害へと至るのでは、吹上での愛情までが色褪せるではないか。

またもうひとつの姫の焦がれ死にを語る展開では、母である宿の長者の無理解と迫害が原因であるとされているが、最初から継母・継子の間柄として設定されているのならともかく、実の親子でしかも、子に恵まれなかった長者夫婦が薬師如来に申し子をしてまで授かった一人娘をそのように死にまで追い込むであろうか。いかにも不自然である。この設定は、物語の自然な展開の中から浮かび上がったものではなく、別な要素を考慮に入れるべきなのではなかろうか。

先に、わたしたちは、この物語の型にスサノオのそれとの共通性を見たが、街道を旅した若き英雄としては、今ひとりヤマトタケルを見逃すことはできない。

ヤマトタケルの物語の展開は、猛々しく乱暴な若き英雄が、その故郷から追放されるかのごとくにして征討の旅に出て途中種々の試練に遭うも、妻の犠牲によって旅を遂行して成長を遂げるというものだが、ヤマトタケルの個性と行動には街道の義経と重なる部分が多い。

何よりも、旅する英雄の苦難を救うためにその妻・弟橘《おとたちばな》比売《ひめ》が犠牲となって入水するという箇所は、浄瑠璃姫の献身的な看病とその後の自害と重なる。

『御曹司島渡』の鬼の娘が義経に兵法書を見せた後、父の鬼王によって殺されてしまうことや、妻・恋人ではないが、牛若の身を案じる母常盤御前が近江と美濃の境の山中宿で死ななければならないのも、英雄と彼を愛する女性の犠牲という型の問題として理解可能なのかもしれない。

## 四　不条理な死と神の顕現

これまで見てきたように、『浄瑠璃物語』には、通常に流布している筋立ての、吹上の浜で義経が浄瑠璃姫に将来、矢作宿での六百万貫の所領を約束して別れるというものと、義経の言葉を信じ続けることが出来ずに自害したテキストとの、二種類があると言えよう。

今ここで当面の問題となっているのは、後者の場合である。浄瑠璃姫の自害が、二人の恋の物語の自然な展開上からは生まれて来そうにもないとすれば、姫の自害という設定がどのような意図の下になされたのか、という疑問が発生する。

ＭＯＡ美術館蔵『上瑠璃』（近世初期、絵巻十二軸）は、「食せんものゝあらざれば、みづからあまりの哀しさに、沢野へ出でゝ根芹を摘み、里田へ降りて落穂を拾ひ奉れば、露の命を送らせ給ひて、三年までは待たせ給ふが、つゐに御身を待ち兼ねて、一首はかうぞ遊ばしける。『あづまより吹きくる風の物言はば問はん物かは君の言葉を』と、これを最後の言葉にて、あしたの露と消えさせ給ふ」と、義経の到着の遅きを待ち兼ねての死とされているので、一応は恋愛物語の枠内と言えよう。ただこの場合でも、いくら浄瑠璃姫の恋に対して無理解で姫を矢作の屋敷から追放したとはいえ、その実の母である矢作の長者を義経が「矢作川にて粗簀《あらす》に巻き、臥し漬けにぞしたりける。母の長者が最期をば、憎まぬ者ぞなかりける」と描写するのは、単なる恋愛物語の域を逸脱した表現と言わねばならない。

これに対して赤木文庫本『しやうるり御せん物語』（山崎美成旧蔵、室町末期、写本一冊）では、侍女の文殊前が語る「牛若殿は、秀衡がひとり娘に契りを籠め、源氏を栄へさせ給ふ」との嘘を信じて、「情けなき恥辱を掻き、半時生きても何かせんとて、西に向かって念仏し、ついに自害を召されけり」と、死の病から回復させた恋人への恨みを抱いたまま自害している。また母の長者は、姫が死んだ笹谷にて供養をし、浄瑠璃御前の絵図を描き、矢作に帰るも尼となり、女房の冷泉と刈萱の二人を連れて三河の八橋の上流、絹ケ淵にて入水をした。

このような悲しみと恨みの果ての若者の死と、その死が数多く周囲の者の自害や合戦まで引き起こす例は、中世の信仰世界では、『神道集』において見ることが出来る。

上野国の国司の桃苑《ももぞの》左大将家光には月塞殿《つきさえ》なる美しい息子があり、当国の船尾寺に稚児として預けていた。月塞殿は十一歳から十九歳まで大事にされて船尾寺で過ごしていたが、ある日、供の菊王丸とともに里に下る途中、新水沢の上の横枕にて何者かに拉致されて失踪してしまう。菊王丸の注進で寺では大騒ぎとなり探索するも行方は知れない。御台所や乳母以下、屋敷のものが寺に駆けつけ、歎き悲しむ。菊王丸は悲しみの余り、十八の若さで腹を切って自害する。御台所は伊香保の沼に身を沈めようと深山に入って投身自殺し、乳母やお守もそれぞれ自害する。都から急いで帰った桃苑左大将が同じく伊香保で死なんと船尾寺に向かうと、寺側では左大将の襲来と勘違いしていくさの支度をしていたので、左大将は兵どもに合戦を命じる。この合戦により数多くの仏殿僧坊も一時に灰燼に帰してしまい、また戦火は谷向かいの石巌寺にも飛び火してこれも焼き尽くす。左大将は悲しみを抱いて都に返るも、程なく病死してしまう。一方、天狗により笹岡なる峯で養育されていた月塞殿は、翌年に焼け野原となっている船尾寺跡に置き去りにされ、物狂いとなって山中で空しくなる。山の神たちはこれを哀れがり、月塞殿を神となし奉り、関係する八人の者達も八ケ権現として祀った（『神道集』巻八「郡馬桃井郷上村内八ケ権現事」）。

実にすさまじいばかりの死の連鎖であり、その悲劇の中から神が顕現するとの中世日本の宗教的発想が顕著な神話である。同じ発想の神話は巻七の「赤城大明神事」でも見ることが出来るし、このような死の果てに神の顕現を見る思想は、決して孤立した考えではなかった。浄瑠璃姫の不条理なばかりの死と関係者の後追い死は、同じ中世の関東の地の宗教風土と関わらせて考えるのが自然と言うべきかもしれない。浄瑠璃姫が閑居し自害の地となったのが笹谷なる土地であり、月塞殿が天狗に養育されていたのが笹岡なる地とされているのも単なる偶然なのかどうか。周知のように、笹は能では「狂い笹」と言って、狂気を発した巫女的な女性の持ち物であった。

『浄瑠璃物語』のテキストは勿論、浄瑠璃姫を神仏として語ってはいない。しかし、峰の薬師の申し子として生まれ、薬師如来の浄土にちなんで浄瑠璃姫と名づけられている彼女は、既にして十分に宗教色に染まっていたとも言える。浄瑠璃姫の物語の大いなる流行の中で、一部の語り手が、自らが慣れ親しんだ宗教的発想をこの物語に加えたとしてもそれは異とするのはあたらないであろう。

さて本章では、『浄瑠璃物語』を、街道の文学として眺めるとどのように見えるか、という問題意識をもって考察してきた。

そのような視点からこの物語を眺めることで、この物語には、矢作という在地の有力者である長者の娘の許に旅の若き英雄が訪れ、結婚と試練を通じて成長を遂げる、という神話の型が底流にあることを確認した。これは外部から来訪する英雄の側からの見方だが、訪問を受ける在地の側からの見方としては、英雄との結婚を通じて土地の支配権が保障されるという神話的主張が籠められていることになろう。また、ごく一部のテキストでは、以上とは別な神話的論理により、姫の悲劇的な死とその死からもたらされる宗教的な浄化への傾斜が見られることにも言及した。

矢作を中心とする街道の文学は、この種の物語を語った旅の芸能者・宗教家と在地の論理とが複雑に習合して、豊穣なる神話的な物語世界を展開することになったと言えよう。

**注**

1 『浄瑠璃十二段の草紙』慶長末期刊古活字十行本。東大図書館蔵（『室町時代物語大成』第七巻所収。角川書店）。

2 赤木文庫本『浄瑠璃物語』室町末期、絵巻三軸（『室町時代物語大成』第七巻所収。角川書店）。

3 大頭左兵衛本『山中常盤』（笹野堅編『幸若舞曲集』所収。臨川書店）。

4 寛永後期写絵巻『おくり』（新潮日本古典集成『説経集』所収）。

5 長門掾正本『吹上』（『古浄瑠璃正本集』第二巻所収。角川書店）。

6 赤木文庫本『浄瑠璃御前物語』（山崎美成旧蔵、室町末期、写本一冊。『室町時代物語大成』第七巻所収。角川書店）。

7 ＭＯＡ（旧熱海美術館）美術館蔵『上瑠璃』（近世初期、絵巻十二軸。ＭＯＡ美術館編『岩佐又兵衛絵巻』ＭＯＡ商事刊）。

# 巴の神話学 ——『源平盛衰記』を中心に ——

## はじめに

木曽義仲の最期を語る合戦譚の中に、突如その姿を現した巴は、義仲へのけなげな情愛と、何よりも「いろ白く髪ながく、容顔まことにすぐれた」女性でありながら同時に「ありがたき強弓精兵《せいびょう》、馬の上、かちだち、打物もッては鬼にも神にもあはうどいふ一人当千の兵者《つわもの》なり[1]」という特異な人物造形により、我々の心を惹き続けている存在である。日本人の巴への関心の強さは、『平家物語』の享受から溢れ出し、謡曲「巴」「御台巴」「衣潜巴」「現在巴」「今生巴」、室町物語「朝ひな」、古浄瑠璃「ともえ」「巴太鼓」「大力女」等々の影響作を生んでいるし、それは現在でも継続している。また全国各地に巴の墓と称する巴塚も語り伝えられている。このような巴への関心の持続はいったい何に由来するのであろうか。本章では、『平家物語』諸本の言説を比較することで、こうした問題を考える手掛かりを探っていきたい。

## 一　『源平盛衰記』の巴像

巴の活躍は、例えば覚一本『平家物語』では次のように紹介されている。

中にも巴はいろ白く髪ながく、容顔まことにすぐれたり。ありがたき強弓精兵、馬の上、かちだち、打物もッては鬼にも神にもあはうどいふ一人当千の兵者なり。究竟のあら馬乗り、悪所おとし、いくさといへば、札《さね》よき鎧着せ、大太刀、強弓もたせて、まづ一方の大将にはむけられけり。度々の高名肩をならぶる者なし。されば今度も、おほくの者どもおちゆき、うたれける中に、七騎が内まで巴はうたれざりけり。

逸早く平家軍との戦闘で連勝を収め、都落ちした平家に替わって都の守護者となった義仲であるが、義仲軍の軍律の悪さ、貴族や後白河法皇との対立、鎌倉の頼朝との軋轢《あつれき》などの要因が重なって、今度は自分が朝敵となってしまう。宇治・勢多の防衛線を破られ、後白河院を奪取する計画にも失敗、六条河原での衝突でも多くの家来を失った義仲勢は、乳母子《めのとご》の今井四郎兼平に合流せんと勢多方面に向かっていたところ、大津打出の浜で行き会うことが出来た。ここで兵力を三百余騎に整えたうえで、大勢力を誇る複数の鎌倉勢の中を突破していくが、戦いながら駆け抜けていくうちに、義仲主従はとうとう五騎になってしまう。

五騎が内まで巴はうたれざれけり。木曽殿、おのれはとう〳〵、女なれば、いづちへもゆけ。我は打死せんと思ふなり。もし人手にかからば自害をせんずれば、木曽殿の最後のいくさに、女を具せられたりけりなンど、いはれん事もしかるべからず、と宣ひけれども、なほおちもゆかざりけるが、あまりにいはれ奉ッて、あッぱれ、よかろうかたきがな。最後のいくさして見せ奉らん、とて、ひかへたるところに、武蔵国にきこえたる大力、御田の八郎師重、三十騎ばかりで出できたり。巴その中へかけ入り、御田の八郎におしならべて、むずとどッてひきおとし、わが乗ツたる鞍の前輪におしつけて、ちツともはたらかさず、頸ねぢきッてすててンげり、其後物具ぬぎすて、東国の方へ落ちぞゆく。

このような巴の描写でも、彼女の魅力のおおよそは伝わるが、しかし、巴自身の情報、例えば彼女の出自、年齢、その後の人生などは黙して語らない。語り本系・読み本系を通じて、巴の事績を最も詳細に語るのは『源平盛衰記』である。『源平盛衰記』において巴の記事が集中しているのは巻三十五「巴関東下向の事」であるが、その概要は次のようである。

1　敗軍の木曾勢十三騎、三条周辺にて畠山重忠軍と遭遇する。

2　木曾方の一陣より進んで戦う一人の武者に、重忠が注目する。部下の言で、それが中原兼遠の娘にして今井・樋口兼光の妹で、義仲とは乳母子である巴であることが明らかにされる。

3　重忠は巴を生け捕りにしようと挑むが、義仲は巴を討たせまいとする。畠山は巴の強さに舌を巻き、この場を去る。

4　四宮河原では、木曾勢は七騎となったが、この中にも巴はいた。生年二十八、身の盛なる女で、数々の戦場でも負傷しなかった。

5　粟津の辺りで、巴は冑を脱ぎ、長い黒髪をなびかせる。額には天冠を当て、見目麗しい様である。内田家吉の勢三十五騎が巴を見つけ、その武勇・大力の評判に危惧しつつも挑む。

6　巴は先ず敵を誉め、大将軍ではないにせよ、一陣に進むは剛の者だとして、軍神にその首を祭らんものと組み合い、これを討って首を義仲に奉る。

7　最期を覚悟した義仲は巴に戦場から去るように告げる。共に死をと訴える巴の言に同意しつつも、信濃の人々に最期の様子を告げ、後の世を弔えと命令する。

8　涙ながらに粟津から信濃に下った巴は女房公達にかくと語り、互いに袖を絞る。

9　鎌倉に召喚された巴は処刑されるべきところ、和田義盛の請いによってその嫁となり、朝比奈三郎義秀を産む。和田合戦の後は越中石黒にて、主・親・朝比奈を弔い、九十一にて目出度く臨終を迎えた。

そもそも巴の人物像を形成する上で問題となるのは、彼女の出自であろう。これについて『源平盛衰記』は「アレハ木曽ノ御乳母ニ、中三権頭ガ女、巴ト云女也。ツヨ弓ノ手ダリ、荒馬ノ上手、乳母子ナガラ妾《おもいもの》シテ、内ニハ童ヲ使フ様ニモテナシ、軍《いくさ》ニハ一方ノ大将軍シテ、更ニ不覚ノ名ヲ不レ取。今井、樋口ト兄弟ニテ、怖シキ者ニテ候[2]」と説明している。巴の出自について、語り本系はすべて黙して語らず、読み本系でも、延慶本は、「木曽は幼少より同様にそだちて、うでをし頸引なむど云力態係組《ちからわざかかりくみ》てしけるにも少も劣らざりける」[3]と幼少時代からの親しい仲であることを語るものの、依然として巴の出自は曖昧である。『源平闘諍録』は「此の伴絵《ともえ》と申すは、是れは樋口の次郎が娘なり。母は挿頭《かざし》とて、木曽の美女に召し仕はれけるを、樋口が子とも言はねども、人皆其の子と知りてけり」としている。父の名を樋口次郎（兼光。中原兼遠の子）とするのは年齢からして疑問であるし、義仲との関係もはっきりと乳母子であるとは明記されていない。

　こうしてみれば、諸本中で唯一巴を義仲にとって乳母子としている『源平盛衰記』の記事は注目に値するであろう。勿論、この記述が事実である確証などはなく、他本にはないことからすれば、『源平盛衰記』の突出的な表現、つまりは虚構と見る方が穏当であろう。しかし問題は、では『源平盛衰記』作者は何を意図して巴を義仲の乳母子として造形したのか、ということへと移行して行かざるをえない。ちなみに、今井四郎兼平を義仲の乳母子と設定するのは諸本共通である。もし、巴が中原兼遠の娘であり、兼平とは兄妹であったならば、『源平盛衰記』は粟田の合戦の叙述に際して、一言、巴と兼平との兄弟愛の言動・心情を述べるべきであったろう。このことが全く描かれていないことから、巴を義仲の乳母子とした理由は、兼平との対称性を意図したものではなく、ひとえに義仲との関係性において、その親しさを強調せんがためであった、ということはひとまず言えるであろう。

## 二　軍神祭祀

『源平盛衰記』以外の諸本においても巴の武勇・強力は十分に描出されているが、盛衰記のみが語る特異な巴の戦場での姿がある。それは軍神への祭祀の記述である。

都での合戦に敗れた義仲らは東を指して落ち行き、逢坂の関明神を過ぎて粟津（現、膳《ぜ》所《ぜ》）辺りを過ぎていたが、そこに現れたのが内田家吉の勢三十五騎である。義仲勢の先陣を進んでいてこれに遭遇した巴は、「一陣ニ進ハ剛者、大将軍ニ非ズ共、物具《もののぐ》毛《け》ノ面白ニ押並テ組、シヤ首ネヂ切テ、軍神《いくさ》ニ祭ン」と思うや否や、馬を進める。両者ともに騎馬のまま素手にて組み合うが、内田が軍陣の作法に反して、組合いの途中であるにも関わらず腰刀にて巴の首を掻こうとしたことを嘲笑って、『ヤヲレ家吉ヨ、日本一ト聞エタル、木曽ノ山里ニ住タル者也。我ヲ軍ノ師ト憑メ』トテ、弓手ノ肘ヲ指出シ、甲《かぶと》真額《のまっこう》、取詰テ、鞍ノ前輪ニ攻付ツヽ、内甲ニ手ヲ入テ、七寸五分ノ腰刀ヲ抜出シ、引アヲノケテ首ヲ掻。刀モ究竟《くっきょう》ノ刀也、水ヲ掻ヨリモ尚安シ。馬ニ乗直リ、一障泥《あふり》アヲリタレバ、身質《むくろ》ハ下ヘゾ落ニケル」とその首を獲る。その箇所、例えば覚一本では「武蔵国にきこえたる大力、御田の八郎師重、三十騎ばかりで出できたり。巴その中へかけ入り、御田の八郎におしならべて、むずとゝってひきおとし、わが乗ッたる鞍の前輪におしつけて、ちッともはたらかさず、頸《くび》ねぢきッてすててンげり」ときわめて簡略に記述しているし、その首もそのまま捨てるのみである。これが『源平盛衰記』では「首ヲ持テ木曽殿ニ見セ奉レバ」と義仲にその首をわざわざ見せている。

『平家物語』諸本において、戦さに際して「軍神」に敵の首を奉るとする箇所は確かにある。

「宇治川先陣」において、宇治川を渡った畠山重忠が、最初に遭遇した木曽義仲の郎党の長瀬重綱を討つ場面は次のようである。

　畠山、今日の軍神にいははん、とて、おしならべてむずととッて引きおとし、頸ねぢきッて、本田二郎が鞍のとッつけにこそつけさせにけれ。（覚一本）

また、阿波国に上陸した義経軍が、勝浦の城を守る阿波民部重能の弟、桜間介能遠を破った戦闘はこうである。

　判官、ふせぎ矢射ける兵共、廿余人が頸きりかけて、軍神にまつり、悦の時をつくり、門出よし、とぞ宣ひける。（覚一本）

　このように、戦場において軍神を祭るという行為はさほど特異な事例ではなかったらしい。しかし、勇猛果敢な女武者たる巴の戦闘場面で、このことを記すのは、語り本系・読み本系を通じて『源平盛衰記』のみなのである。他本が巴と軍神とを結び付けるということに想到しなかったのに対して、『源平盛衰記』は巴に何がしかの宗教性を付与せんとしたのであろう。

　右に引用した例からも分かるように、軍神を祭るのは、その日の戦さの最初の犠牲者の首によってである。しかるに、義仲・巴らの戦闘はその当日の戦闘の最初の機会でもないし、京都から粟津に至る激しい戦闘の連続の中で、内田が敵方の最初の犠牲者とするのは疑問である。この局面で義仲勢が軍神を祭るのは、物語の軍事的進行の順序からして、必然性が薄いと言わざるをえない。これは、『源平盛衰記』が、巴に軍神を祭るという行為をさせることで、彼女の、強さ以外の性格を示したかったのであろう。

巴御前粟津合戦（京都学・歴彩館蔵「新板絵入平家物語」）

ここで、粟津の戦場での巴が身に付けた物の具についても見ておこう。例えば覚一本では、巴の様子を次のように描く。

中にも巴はいろ白く髪ながく、容顔まことにすぐれたり。ありがたき強弓精兵、馬の上、かちだち、打物もッては鬼にも神にもあはうどいふ一人当千の兵者なり。究竟のあら馬乗り、悪所おとし、いくさといへば、札よき鎧着せ、大太刀、強弓もたせて、まず一方の大将にはむけられけり。

『源平盛衰記』では、

> 巴ハ都ヲ出ケル時ハ、紺村紅《こんむらくれない》ニ千鳥ノ冑直垂ヲ着タリケルガ、関寺合戦ニハ、紫隔《こう》子《し》ヲ織付タル直垂ニ、菊閉滋《きくとじしげ》クシテ、萌黄糸威《おどし》ノ腹巻ニ袖付テ（中略）七騎ガ先陣ニ進テ打ケルガ、何トカ思ケン、甲ヲ脱、長《たけ》ニ余ル黒髪ヲ、後ヘサト打越テ、額ニ天《てん》冠《かん》ヲ当テ、白打出《うちで》ノ笠ヲキテ、眉目《みめ》モ形モ優也ケリ。歳ハ廿八トカヤ。

としている。黒髪の描写は巴の女性としての美しさへの留意であろうが、「天冠」は何を意図したものであろうか。天冠は額に装着する金属製の装飾であるが、これを使用するのは幼帝の即位時、仏菩薩・天人、競馬に騎乗する小童、神楽舞を舞う巫女、能の女神・天女・官女、という具合に、宗教性を多分に帯びた存在なのである。

このように『源平盛衰記』は巴を描くに際して、他の諸本とはやや違った巴像を描こうとしているように見える。それがどのような像なのかを考える上で参照すべきなのは、沖縄の「おなり神」信仰である。今、伊波普猷《いはふゆう》の論文「をなり神考」を簡潔に要約した柳田国男の文章[4]によってその概要を示すこととする。

（一）沖縄諸島には最近まで、姉妹に兄弟の身を守護する霊力があるといふ信仰から、旅立ちに際して同胞女性の髪の毛、もしくは手巾《しゅきん》などの持馴れた物品を、乞受けて持つて行く風習が残つていた。

（二）四百数十年前の神歌にも、また歴代の所謂琉歌の中にも、この信仰と之に伴なふ幻とを詠じたものが幾つとなく挙げられる。

（三）この姉妹の霊を、古くは一様にヲナリ神と呼んで居た。聞得《きこえ》大君《おおきみ》は即ち国の最高のをなり神であり、実に又国王の御姉妹を以て、之に任ずるのが本来の定めであつて、其職掌は本朝の斎王斎院とよく似て居た。

一般の人々の間でのおなり神に対する気分がよく現れているおもろ歌[5]としては次のごときものがある。

　吾がおなり御神の
守らてゝ　おわちやむ

やれ　ゑけ
弟おなり御神の
綾蝶《あやはべる》　成りよわちへ
寄《く》せ蝶　成りよわちへ

旅に出る兄を守護しようと、おなり神たる妹が美しい蝶に化身して付いて来ているという美しいイメージを歌ったものである。

琉球国王の姉妹の中から任じられた聞得大君の場合には、その守護の仕方がさらに先鋭化していて、戦場にまで赴くことがあったらしい。

聞得大君ぎや
初め軍　立ちよわちへ
合おて　行き遣り
敵　治めわちへ
鳴響《とよ》む精高子《せだかご》が

戦場に女性が同行することは、沖縄のみに限定したことでは勿論なかった。崇神天皇時に謀反を起こした武埴《たけはに》安彦の妻の吾田媛《あたひめ》、ヤマトタケルの東征に同行した折、荒れ狂う走水《はしりみず》の海で夫を守るために自らを犠牲にして入水した弟橘媛《おとたちばなひめ》等々。[6]

およそ、危難に直面する男にとって、それが母であれ姉妹であれ妻であれ、家族の中の女性に、女性が持っているであろうと信じられていたその宗教的な力によって、自らの守護を希求するのはごく自然な感情というべきであろう。

さてこのような、女性の宗教的な力を背景にした戦場に赴く女性の事例を想起するならば、『源平盛衰記』が描くところの巴像も、より焦点が鮮明になるのではなかろうか。義仲にとって乳母子たる、すなわち擬似的な兄妹でもある巴は、額には天冠をいただいて、義仲の危難の場において誰よりも先頭にたって戦いに赴き、敵の首はうやうやしく軍神と義仲に捧げる。

『源平盛衰記』が描く巴像は、このように宗教的な色彩が濃いのである。これらの諸要素が、他諸本にも揃って見られるのであれば『源平盛衰記』の特異性は指摘しえないのであるが、先にも見たように、これらの諸要素はこの本のみに集約して描かれているのである。

## 三　『源平盛衰記』の義仲像

以上、巴を中心に、『源平盛衰記』における宗教的な描写の様相を見てきたが、次に『源平盛衰記』がどのような意図によってそうした記述をなしたのかを考えて行きたい。『源平盛衰記』は、他の『平家物語』諸本よりは一層説話的・神話的な傾向があるが、義仲を巡る記事においてもそうした要素は確かに窺える。

倶利伽羅峠における平家軍の壊滅を描く場面を覚一本は、

> 次第にくらうなりければ、北南よりまはッつる搦手《からめて》の勢一万余騎、倶利伽羅の堂の辺にまはりあひ、箙《えびら》の方立《ほうだて》打ちたたき、時をどッとぞつくりける。平家うしろをかへり見ければ、白旗雲のごとくさしあげたり。此山は四方巌石であんなれば、搦手よもまはらじと思ひつるに、こはいかに、とてさわぎあへり。

搦手だけではなく時を同じくして大手の義仲勢なども一斉に鬨《とき》の声を合わせ、「前後四万騎がをめく声、山も川もただ一度にくづるる」と思われ、浮足立った平家軍は我先にと倶利伽羅が谷へと下り、壊滅的な敗北を喫してしまったのである。

その同じ局面を『源平盛衰記』は、木曽軍の鬨の声に平家軍が周章しているさなかに、次のような不思議が出来《しゅったい》したと記す。

爰《ここ》ニフシギゾ有ケル。白装束シタル人、三十騎バカリ、南黒坂ノ谷へ向テ落セ殿原、アヤマチスナ〱トテ、深谷へコソ打入ケレ。平家是ヲ見テ、五百余騎連《つづい》テ落シタレバ、後陣ノ大勢是ヲ見テ、落足ガヨケレバコソ、先陣モ引返ザルラメトテ、不レ劣《おとらじ》々々ト、父落セバ子モ落ス、主落セバ郎等モ落ス。馬ニハ人、人ニハ馬、上ガ上ニ馳《はせ》重テ、平家一万八千余騎、十余丈ノ倶利伽羅ガ谷ヲゾ馳埋ケル。

平家軍壊滅の重要な契機となった白装束の三十騎の人々の正体は、後に次のように理解されたとされる。

三十人計ノ白装束ト見エケルハ、埴生《はにゅう》新八幡ノ御計《はからい》ニヤト、後ニゾ思合セケル。

即ち、倶利伽羅の合戦の前に、勝利を祈願した埴生新八幡の奇瑞であると記すのである。

『源平盛衰記』にはこのように、挿話をより神話的に誇張して描く傾向が見られるが、この場面もその一例なのであろう。しかしそれにしても、『源平盛衰記』が全体的な流れに対して全く無自覚に、単に挿話を面白くするために誇張をしているとは必ずしも断じられない。

おおむね、『平家物語』は木曽義仲を描写するに当って、三つの局面に分けていると捉えるのが普通である。挙兵から京都進駐までの初期は、大体において好意的な書きぶりである。京都を占拠している中期はその無教養ぶりや横暴さを暴きたてて批判的である。そして悲劇的な最期を遂げる後期は同情的である。

初期の場面における埴生八幡の神の奇瑞として、三十騎の白装束の男たちを出現させているることは、義仲への埴生八幡の神の覚えのめでたさを印象付けるものであろうが、それは『源平盛衰記』のどのような狙いと関連するのであろうか。

義仲の挙兵に当って、覚一本は「義仲も東山、北陸両道をしたがへて、今一日も先に平家をせめおとし、たとへば日本国二人の将軍といはればや」、延慶本は「先祖の敵平家を討て世を取らばや」（巻六）、長門本も同じく「先祖の敵平家を討て、世をとらばや」（巻十二）と将来への夢を語らせている。

『源平盛衰記』は義仲への期待を兼遠に「末ニハ日本国ノ武家ノ主トモ成ヤシ給ハン」（巻二十六）と語らせており、他本に比してやや踏み込んでいる。埴生八幡の神の奇瑞の踏み込んだ表現も、『源平盛衰記』の義仲への「日本国ノ武家ノ主」との認識から導かれたものであろう。

『平家物語』諸本において、義仲の悲劇的な最期を語る箇所で、読者がすぐ気付くのは、義仲自身は余り決然たる英雄としては描かれていない、ということである。その最も典型的な例は、義経軍が迫っている緊急の危難の中で、公家の娘と悠長に別れを惜しんで睦み続けている場面であろう。

余りの不甲斐なさに家臣の越後中太家光（覚一本。『源平盛衰記』は更に津波田三郎も諫死したとする）が割腹したことでようやく戦闘に復帰するのだが、六条河原で家臣団と合流した義仲は、先ほどまでの優柔不断とは別人のごとき演説をしたと『源平盛衰記』では記す。

義仲申ケルハ、合戦、今日ヲ限トス。身ヲモ惜マン人々ハ、此ニテ落ベシ。臨二戦場一、逃走テ、東国ノ倫《ともがら》ニ笑レン事、当時ノ欺《あざむき》ノミニ非ズ。永代ニ恥ヲ胎《のこ》サン事、口惜カルベシ、ト云ケレバ、行親、親忠等ヲ始トシテ申ケルハ、人生テ誰カハ死ヲ遁ン。老テ死ハ兵《つわもの》ノ恨也。其恩ヲ食《くらい》テ、其死ヲ去ザルハ、又兵ノ法也トイヘリ。更ニ退《しりぞく》者有ベカラズ、ト云。（巻三十五）

まことに武将たるに相応しい言葉で、義仲の人間性とその悲劇的な最期を準備する要素としても有効な言辞であるが、どうしたことかこの言葉を記すのは『源平盛衰記』と延慶本のみである。

また京都を落ちて来て、粟津で今井兼平と出会った義仲は、『源平盛衰記』によれば次のような会話をしている。

義仲、兼平、馬ヲ打並テ宣ケルハ、河原ノ合戦ニ、高梨、仁科、根井モ討レヌ。身モ已ニ疵ヲ蒙テ、心疲力尽テ、進退歩《あゆみ》ヲ失、為レ敵被レ得《てきのためにえられん》コト、名将ノ恥也。軍敗テ自

害スルハ、猛将之法也ト申ケレバ、　　　　（巻三十五）

ここでも義仲は、武運拙く敗れてしまった将たる者としての覚悟を吐露していて、見事な武将の片鱗を見せている。ところがこの言辞も『源平盛衰記』以外の諸本は記述がないのである。

義仲の悲劇性が際立つのは、今井四郎兼平との友情であり、さらに言えば気落ちして弱気になっている義仲に対して「兼平一人候とも、余の武者千騎とおぼしめせ」（覚一本）の如き態度で主を激励し守護するその言動であり、またその「今は誰をかばはむとてかいくさをもすべき。これを見給へ、東国の殿原、日本一の剛の者の自害する手本、とて、太刀のさきを口にふくみ、馬よりさかさまにとび落ち、つらぬかッてぞうせにける」という壮絶な自害であろう。この局面における義仲は、弁慶に庇護される「安宅」の義経にも似て、非力な貴種になっている。『平家物語』諸本は、義仲の悲劇性を、兼平の英雄的にして壮絶な死にざまから浮かび上がらせる方法を採用している。『源平盛衰記』も基本的にはそうした流れで物語を展開させているが、そこに、右に見たような、義仲の英雄的な面影を挿入している事実は見逃せない。

そのような義仲最期の局面で、『源平盛衰記』がひとり巴に宗教的な性格を付与し、あたかもおなり神、姉妹神（柳田の表現）のごとくに義仲を守護しているかのように描いているのはなぜであろうか。

兼平の英雄的にして悲劇的な死にざまは、裏側から義仲の英雄性・悲劇性を支える結果となろう。『源平盛衰記』において、まるで兄兼平と一対のごとくに描かれている巴が、宗教的なおなり神、姉妹神に類した存在として印象付けられれば、その守護される対象たる義仲はその貴種性、高貴さを増すこととなろう。それは、他諸本とは一線を画した義仲像を描き、また彼を「日本国ノ武家ノ主」と記した『源平盛衰記』の姿勢とも矛盾しないのである。

## 四　その後の巴

粟津の合戦で義仲と別れた巴はどうなったのか。『源平盛衰記』以外の諸本の記述を簡単に見ておこう。

其後物具ぬぎすて、東国の方へ落ちぞゆく。（覚一本）

そのまゝものゝぐぬぎすてゝ、なく〳〵いとまも申てとうごくのかたへぞおちゆきける。（百二十句本）

鞆絵と云ふ女武者も、討たれや為ぬらん、落ちや為ぬらん、行方を知らず。（四部合戦状本）

鞆絵は落ちやしぬらむ、被レ打しぬらむ、行方を不レ知なりにけり。（延慶本）

此ともゑはいかゞ思ひけん、逢坂よりうせにけり。（長門本）

右のごとく、概してその後の事績については語っておらず、巴という人間自身には、粟津の戦闘以外の事柄には興味を示していないかのごとくである。

芭蕉の墓のある寺としても有名な大津市膳所《ぜぜ》の義仲寺《ぎちゅうじ》に関して、江戸期の紀行文『改元紀行』[7]に巴のその後を語る記事が見られる。

門の内の右の方に草庵の如きもの、是れ義仲寺なり。此の寺はもと巴御前の結べる庵なれば、古は巴寺といひしが、弘安の頃より義仲寺とよべりと縁起にはしるせり。

即ち、信濃に下ったはずの巴が再びこの地を訪れて、義仲を弔う庵を結び、巴寺と言われていたが、後に義仲寺と呼ばれるようになったとのことである。文中の縁起が「義仲寺略縁起」として今でも伝わっている。[8]

略縁起は、義仲と兼平の最期を主に語っているが、義仲の最期の様子は、『平家物語』とは少し違っている。

義仲今はせんかたなく、此まゝ自害とおぼし召けるが、さるにても兼平はと跡ふりかへりたまふを、相模の国の住人、石田小太郎為久が放つ矢に内甲を手ひどく射させ、たまりもあへず馬上より落たまひぬ。御年三十一才也。兼平追付奉り、こはいかに〱となげくに甲斐なく事切れさせたまひぬ。かくて石田良等、木曽殿の御頸給らんと深田に飛入る所を見て、兼平すかさず取ておさへ首かき取て、深田に踏こみ、扨《さて》御死骸をかくすべき所なければ、そこに有ける松の大木、力にまかせて、えいやうんと引ぬき、その下に御死骸をふかくかくし、その松の梢を切て手向の花に奉りしが、不思議や此松、根ざしを生じ、今に至て御塚の側に繁茂す。

その後の兼平の自害の様子は『平家物語』と違いはない。義仲の首を兼平が落とし、松の大木を抜いてその穴に埋めたという新たな筋立ては、勿論、義仲の供養のために建立された義仲寺として、その遺骸の必要性を感じたが故の変更であったろう。「此松、根ざしを生じ、今に至て御塚の側に繁茂す」という説明も寺社の伝説では珍しくはない。
略縁起は末尾において、巴がこの義仲寺を開創したと述べる。

かくて巴ハ木曽に下りけれど、重き仰を忘れざれば、建久の末の比、しのびて此所にきたり、御塚の側に草庵を結び、御菩提を弔ひ奉る。則當寺の始なり。さればいにしへは、巴寺といひしが、弘安の比をひより義仲寺と呼び侍る也。

一方、巴について最も詳しい記事を載せている『源平盛衰記』は、粟津合戦の後の彼女の運命について、興味深い伝説を語っている。すなわち、信濃に帰った巴が鎌倉に連行され、処刑されるはずのところ、彼女の強力という資質を惜しんだ和田義盛が貰い受け、怪力で有名な武士、朝比奈三郎を産んだというものである。

世静テ、右大将殿ヨリ被レ召ケレバ、巴則鎌倉へ参ル。主ノ敵ナレバ、心ニ遺恨アリケレ共、大将殿モ、女ナレ共無双ノ剛者、打解マジキトテ、森五郎ニ被レ預。和田小太郎是ヲ見テ、事ノ景気モ尋常也、心ノ剛モ無双也。アノ様ノ種ヲ継セバヤ、トゾ思ケル。明日頸切ベシ、ト沙汰有ケルニ、和田義盛、申預ラン、ト申ケルヲ（中略）即、妻ト憑テ、男子ヲ生。朝比奈三郎義秀トハ是也。母ガ力ヲ継タリケルニヤ、剛モ力モ幷《ならび》ナシトゾ聞エケル。

興味深い伝説ではあるが、これは年代が一致しないし、また『吾妻鏡』にもそのような記載はないことから、事実ではないと考証されている。[9]

これは貪欲に説話を吸収して多彩な話題を提供しようとする『源平盛衰記』一流の姿勢のなせるわざとも言えようが、また一面では、英雄朝比奈三郎の誕生に、巴を参画させて新たな神話を創出せんとする同本の意図とも解しうるのである。

普通に考えれば、このような新たな結婚話は、巴と義仲との哀切な別離の後日譚としては、不似合いとも思われる。

しかし、『源平盛衰記』は先に描出した宗教的なる巴像に、更なる神話を付け加えたのであろうし、『源平盛衰記』の作者の理解ではそれは義仲との愛情と矛盾するものではなかったのだろう。

朝比奈の話は後に室町物語『朝ひな』[10]においても取り上げられている。この物語が描く巴の姿は要約すれば次のとおりである。

三浦一門の朝比奈三郎義秀は力も強く心も勇猛な武士であったが、その資質も母である巴譲りであった。巴は木曽の住人中三権守兼遠が戸隠明神に申し子をして授かった子供である。戸隠の神は天手力雄命《あめのたぢからお》であり、巴は女子ながらも人に優れた力の持ち主であった。義仲は巴が十二三の頃からこれを寵愛し、その怪力や武芸をことの外重んじた。治承の乱れに際しては、越後の平家方、城資永《じょうすけなが》を攻略する際に先陣を切って活躍したのをはじめ、義仲をよく助けた。義仲の最期の戦闘の時は、巴は二十八歳で、わずか七騎になってからも勢の先頭に立ち、遭遇した大力の敵内田家吉の首をねじ切って、義仲に見せ奉った。義仲からこの場から落ち行くように命令されて涙ながらに上の山へ登って戦闘の終了を待ち、それから物具を脱ぎ捨てて、信濃に下った。信濃では女房公達に最期のあり様を告げ、義仲の菩提を懇ろに弔った。世が静まって後、頼朝からの召しによって鎌倉に赴いた巴は、処刑と決まったが、御所の侍別当和田小太郎義盛は巴の姿形の優なるを見て、この大力の種を継がせたいものと思い、頼朝に懇願し、ようやくその許しを得る。やがてこの夫妻から生まれたのが、朝比奈三郎義秀であった。

信濃の戸隠明神の申し子としている点をはじめ、鹿狩り・大石・越後攻めなど、随所にこの物語作者の創作が散りばめられているが、朝比奈三郎の母を巴にする設定は勿論のこと、頼朝の反対に対して和田義盛が、祖父三浦大介義明の頼朝への忠義を持ちだして説得する部分などは同文的な類似を示しており、『源平盛衰記』を下敷きにしていることは動かない。

『源平盛衰記』は巴の晩年を次のように描く。

和田合戦ノ時、朝比奈討レテ後、巴ハ泣々越中ニ越、石黒ハ親シカリケレバ、此ニシテ出家シテ、巴尼トナリテ、仏ニ奉二花香一、主、親、朝比奈ガ後世弔ケルガ、九十一マデ持テ、臨終目出シテ終ニケルトゾ。

仏像に花香を手向け、義仲、親（中原兼遠）、朝比奈三郎の菩提を弔ったとされている。
この巴像は中世においては広く受け入れられたらしく、巴を扱った能はこの延長上に展開している。能「巴」では、粟津の里の、義仲を祀った神社に巴の幽霊が参る設定である。「御台巴」では、木曽の義仲の御所に帰った巴が、義仲の御台に義仲の形見を渡し、最期の様子を語るところに、鎌倉からの使いの武者らがやってきたので、御台と公達を逃がすために、巴が奮闘している。
巴のその後を考える上で、興味深くまた重要な情報を提供しているのは文禄本『平家物語[11]』である。

鞆絵名残ヲシクハ思ヘドモ、理リナレバ、力ラ及バズ、粟津ノ国分寺ノ堂ノ前ニテ馬ヨリ下リ、鎧脱捨落行ケルガ、後ニハ橋本ノ宿ニ遊君シテ居タリケルガ、和田左衛門ニ思ハレテ、浅井名ノ三郎ヲ儲タリトゾ聞ヘシ。

戦場から甲冑を脱ぎ捨てた巴が東海道筋の宿場橋本で遊女となっていたというのはおよそ何の根拠もない記載ではあるが、ただ「巴」の名称が、『平家物語』諸本では「巴」「鞆絵」「伴絵」とのみ記載しているのに、後世、「巴御前」の名で呼ばれるようになった理由の一端を暗示しているのかもしれない。静御前、虎御前など白拍子・遊君に御前の名で呼ばれる場合は多い。

## 五　むすび

本章で我々が読み辿ったような『源平盛衰記』中の巴像の理解に妥当性があるとすれば、その巴像は単なる大力の男装せる女武者というにとどまらず、一族中の男性を守護する力を秘めた姫御前という印象を漂わせていると思われる。それは姉妹神・おなり神の信仰をかつて持っていたこの国の人々にとっては、懐かしく心地よい幻想であるに違いない。『源平盛衰記』の巴像が能や室町物語の伝承に影響を及ぼしていることからすればそのイメージは孤絶していたわけではなかろう。

姉妹ではなく妻であるが、巴と同様に闘いの場に伴われていた弟橘姫は、夫日本武尊を救わんがために海神の犠牲となって海中に身を投じる。にもかかわらず日本武尊は王権を握ることもなく死んでしまう。

同じく「日本国ノ武士ノ王」たる野望を達成することなく亡んだ義仲ではあるが、その彼を女性としての力で守護し、また弔い続けた巴という存在は、一族の守護神というべきであろう。粟津の合戦の描写を通じて、『源平盛衰記』は我が国の文学史上、稀有な人物像の造形に成功したと言えよう。そして、見逃せないことは、『源平盛衰記』は巴像を膨らませるに際して、単に巴なる特異な女性への興味だけで話を膨らませたわけではなく、義仲の人物像を、他の諸本に比してより優れた武将として描く構想の中で、この巴像を作りあげていったことである。

**注**

1 覚一本『平家物語』。日本古典文学全集本に拠る。
2 校注中世の文学『源平盛衰記』(三弥井書店)に拠る。
3 『応永書写延慶本平家物語』(勉誠社)に拠る。
4 柳田国男「玉依彦の問題」『妹の力』(『柳田国男全集』巻十一所収)。尚、細川涼一氏は「巴

小論」の中で「しかし、『平家物語』に描かれた女武者としての巴の太刀は、義仲の「妻の力」であるよりは、柳田国男氏が姉妹に兄弟の身を守護する霊力があると述べた「妹の力」(義仲は従者である巴にとって主人であるとともに、身分は違うにも関わらず幼少より飲食等を共にして成長した兄妹ともいうべきものであった)に近いといえるであろう。そうであるがゆえに、義仲を「妹の力」によって守護しきれなかった巴は、「泣く泣くいとま申して」(百二十句本)義仲のもとを去るのである。」としている(『女の中世 小野小町・巴・その他』日本エディタースクール出版部、一九八九年)。

5 外間守善校注『おもろさうし』岩波思想大系

6 細川涼一氏は「巴―大力の女の伝説」(『平家物語の女たち』講談社現代新書、一九九八年)で、平安期の大力女の例として女冠者や北陸の女騎を挙げている。なお、長崎県波佐見町の照日観音堂には、戦国期の大村氏と後藤氏の勢力争いの中で、大村氏側に属していた波佐見村へ後藤氏側の武雄の勢の攻勢に対して、上野政広が同地を守っていたが、その妹の照日が兄を助けて戦に参加して功績のあった照日を観音として祀っている。照日はとくに呪文を唱えて怪異をもたらして敵方を敗走せしめたと同地方の古記録は伝えている。「此政広の妹に照日と云ふ女あり、兄政広と共に後藤貴明を防き戦功あり、照日戦に望む毎に呪文を唱へて怪異を現す、因茲敵兵敗走す、元亀三年貴明大村三城を攻る時も、亦純忠照日に命して呪文を唱へ敵兵を防かしむ、後此照日の霊を観音に崇め、照日の観音と号す、今内海の館屋舗と云ふ処に鎮座の観世音是也」（『大村郷村記』巻二十一）。

7 「改元紀行」『続帝国文庫』所収。

8 「義仲寺略縁起」大阪府立中之島図書館蔵。

9 水原一「巴の伝説・説話」（『平家物語の形成』加藤中道館、一九七一年）、細川涼一『女の中世　小野小町・巴・その他』（日本エディタースクール出版部、一九八九年）など。

10 東京大学国文学研究室蔵『朝日奈』。徳竹由明「東京大学国文学研究室蔵奈良絵本『朝日奈』解題・翻刻」（『三田国文』第三十四号、二〇〇一年九月）所収。

11 『平家物語　文禄本』（複刻日本古典文学館、日本古典文学会編、一九七三年）。

# 千手前と重衡

## はじめに

軍記物語において、敗残の将と、その接待を命ぜられた美女という組み合わせは、複雑な人間関係を生まずにはおかないであろう。ましてやその将が貴公子にして文化的素養にたけた人物であれば、なおさらである。

芸能にも長けた若く美しい千手前が、都の貴公子に恋慕の情をもつようになるのは不自然ではないし、捕らわれの身で鎌倉に軟禁されている重衡にしてみれば、この東国の地で、音楽や詩文にも通じた千手前の存在は、さぞかし心のなぐさめになったことであろう。しかし、『平家物語』はふたりの情愛のこもった交流を描きながら、決してこれを恋愛物語としては描こうとしていないように見える。千手前との交流を描いた章段は、東大寺焼き討ちという大罪を犯した重衡の死の前段に置かれた重要なエピソードである。それは必然的に、『平家物語』の諸本が重衡の死をどのようにとらえているか、という問題に結びつくことであろう。

『平家物語』諸本における千手前のエピソードは、鎌倉の地でつむがれた不運なふたりの、可憐な心の交流という枠組みを超えて、より大きな意義を、作品の構成の中でもっているのではなかろうか。本章は、このような問題意識をもちつつ、ふたりの物語を考えてみたい。

## 一　東大寺焼き討ち

安元三（一一七七）年の鹿ケ谷陰謀、治承三（一一七九）年の後白河法皇の幽閉騒ぎなど、反平家の機運が高まりを見せる中、後白河の第三皇子の以仁王《もちひと》が、全国の源氏らに蜂起を促す令旨を発し、自らは近江の三井寺（園城寺）に入った。この反乱は、宇治での源頼政の奮戦などの印象的な戦いを見せたものの、圧倒的な平家側の軍勢に、反乱軍はなすべもなく、加担した三井寺も炎上した。しかし、以仁王の令旨は意外なほどの効力を発揮し、関東では頼朝が蜂起して、平家も侮れない勢力となってきていた。そのような政治的な混乱の中、奈良の興福寺は、古くから天皇・藤原氏との結びつきの中で、勢力を維持してきた経緯から、卑しい身分からの成り上がり者であるとして清盛を軽侮し、三井寺とも連携して反平家の旗幟を明確にしつつあった。

南都の僧らは、「大きなる球丁《ぎっちょう》の玉をつくッて、これは平相国のかうべとなづけて、打て、踏めなンどぞ申しける」という戯れに興じていた。こうした南都の動向を知った清盛は、南都の狼藉を鎮めるために、備中国の武士瀬尾兼康に命じ、五百騎で向かわせた。

ただし「相構へて衆徒は狼藉をいたすとも、汝等はいたすべからず。物具なせそ。弓箭な帯しそ」という内命であったのを、南都の僧らは知らず、「兼康が余勢六十余人からめとッて、一々にみな頸をきッて、猿沢の池のはたにぞかけならべたる」という過剰反応をしてしまう。

これに激怒した清盛は、平重衡を大将軍として四万余騎で南都へ向かわせる。治承四年十二月二十八日、平家軍優位のうちに戦いは推移し、夜を迎えた。

夜いくさになッて、くらさはくらし、大将軍頭中将、般若寺の門の前にうッたッて、火をいだせ、と宣ふ程こそありけれ、平家の勢のなかに、播磨国住人、福井庄下司《げす》、二郎大夫友方といふ者、盾をわり、たい松にして、在家に火をぞかけたりける。十二月廿八日の夜なりければ、風はははげしし、ほもとは一つなりけれども、吹きまよふ風に、おほくの伽藍に吹きかけたり。（『平家物語』巻五「奈良炎上」[1]）

平家の軍勢と猛火に押し込められた人々は、東大寺の二階へと逃げこむ。

あゆみもえぬ老僧や、尋常なる修学者、児ども、をんな童部は、大仏殿の二階に上、山階寺《やましな》のうちへわれさきにとぞにげゆきける。大仏殿の二階の上には、千余人のぼりあがり、かたきのつづくをのぼせじと、橋をばひいてンげり。猛火はまさしうおしかけたり。をめきさけぶ声、焦熱大焦熱、無間阿毘のほのほの底の罪人も、これには過ぎじとぞ見えし。

戦いを指揮した平重衡には、東大寺を焼き討ちにする意図はなかったのであろうが、冬の強風という不運もあって、東大寺大仏の焼亡という、重大な事態が生じてしまった。

東大寺は常在不滅の生身の御仏とおぼしめしなずらへて、聖武皇帝、手づからみづからみがきたて給ひし、金銅十六丈の盧遮那仏《るしゃなぶつ》、烏瑟《うしつ》たかくあらはれて、半天《はんでん》の雲にかくれ、白毫《びゃくごう》新にをがまれ給ひし、満月の尊容も、御くしは焼けおちて大地にあり。御身はわきあひて山のごとし。八万四千の相好《そうごう》は、秋の月はやく五重の雲におぼれ、四十一地の瓔珞《ようらく》は、夜の星むなしく十悪の風にただよふ。煙は中天にみち〳〵、ほのほは虚空にひまもなし。まのあたりに見奉る者、さらにまなこをあてず。はるかにつたへきく人は、肝たましひをうしなへり。法相、三論の法門聖教《しょうぎょう》すべて一巻のこらず。我朝はいふに及ばず、天竺震旦にもこれ程の法滅あるべしともおぼえず。

聖武天皇が発願し奈良国家の総力を挙げて建立した盧舎那大仏、膨大な聖教類、大仏殿の二階に避難していた一千七百余人が滅びる大惨事が出来《しゅったい》してしまった。

二十九日、重衡は南都を滅ぼして京都に帰還した。建

奈良炎上
（京都学・歴彩館蔵「新板絵入平家物語」）

礼門院、後白河法皇、高倉上皇、摂政以下の人々は、「悪僧をこそほろぼすとも、伽藍を破滅すべしや」と嘆いたが、清盛のみは奈良の悪僧どもへの憤りが晴れてよろこんでいた。

その後、『平家物語』は、関東での頼朝の蜂起、清盛の病死、北陸での木曽義仲の快進撃、平家一門の都落ち、義経軍の上京、義仲最期など激動の時代相を描く。

そうした源平の戦いの推移の中で、西国の兵を取り込んで勢いを増した平家軍は、寿永八（一一八四）年二月、都にもほど近い一の谷に堅固な陣地を張る。一の谷は、前は瀬戸内の海、後ろは急峻な六甲山地であり、平家軍はその細長い平地の前方、都の側は厳しく警護していたものの、後方の山側への警戒は疎かであった。そこを戦《いくさ》に長けた義経軍の、いわゆる鵯越《ひよどりごえ》の逆落としの急襲にあい、平家は大混乱に陥り、大慌てで舟に飛び乗り海へと逃走する。陸地では混戦の中、薩摩守忠度《ただのり》が死し、敦盛と熊谷直実の悲劇が展開した。

重衡は、一の谷の東側にあたる生田森の副将軍であったが、その兵どもは皆ちりぢりとなり、めのと子の後藤盛長とただ二騎となって逃げていた。そこへ源氏方の梶原景季、庄四郎高家らが、大将軍であろうと目をつけ追いかけてきた。重衡らは名馬に乗っていたので、逃げきれると見えたが、梶原の放った遠矢が重衡の馬に当たり、名馬童子鹿毛《かげ》はたちまち速度を落としていく。この事態にめのと子の盛長は、主人を見捨てて鞭を振り上げるのであった。そもそも武士にとっての乳兄弟は、木曽義仲と今井四郎兼平の例によってよく知られるように、生き死にも共にしようという固い絆で結ばれた特別な主従であった。馬も弱り、信頼していためのと子にも見捨てられた重衡は、汀《みぎわ》にて自害せんとしたが、追い付いてきた庄四郎高家によって生け捕られてしまった。

不運にも生け捕られてしまった重衡は、鎌倉に連行されることとなる。その下向中、東海道の池田の宿では、兄宗盛とのエピソードで知られる熊野《ゆや》の娘、侍従の許に泊し、歌のやり取りをしている。

侍従の、重衡の悲運を思いやる「旅の空はにふの小屋のいぶせさにふる郷《さと》いかにこひしかるらむ」という歌に対して、重衡は、「故郷もこひしくもなしたびのそらみやこもつひのすみ家ならねば」と返歌している。

このような池田宿の遊女である侍従と重衡との交流のエピソードは、重衡の文化的素養を示すものであり、またこの後の鎌倉における千手前との交流の前触れともなっていよう。

## 二 鎌倉の重衡

寿永三（一一八四）年三月二十七日、重衡は鎌倉に到着し、その翌日早速、頼朝と面談をさせられている。頼朝はやはり「抑《そもそも》南都をほろぼさせ給ひける事は、故太政入道殿の仰せにて候ひしか、又時にとッての御ぱからひにて候ひけるか。以ての外の罪業にてこそ候なれ」と、東大寺炎上の責任を追及した。対する重衡の返答は次のようであった。

まづ南都炎上の事、故入道の成敗にもあらず、重衡が愚意の発起にもあらず。衆徒の悪行をしづめんがためにまかりむかッて候ひしに程に、不慮に伽藍滅亡に及び候ひし事、力及ばぬ次第なり。

（『平家物語』巻十「千手前」）

この言葉に引き続いて、重衡は、

今又運つきぬれば、重衡とらはれて是まで下り候ひぬ。それについて、帝王の御かたきをうッたる者は、七代まで朝恩うせずと申す事は、きはめたるひが事にて候ひけり。まのあたり故入道殿は君の御ためにすでに命をうしなはんとすること度々に及ぶ。されども僅かに其身一代の幸にて、子孫かやうにまかりなるべしや。されば運つきて都を出でし後は、かばねを山野にさらし、名を西海の浪にながすべしとこそ存ぜしか。これまでくだるべしとは、かけても思はざりき。唯先世の宿業こそ口惜しう候へ。

と、平家および自らの今の不運に対する思いを一気に語る。

ただ重衡は自らの不運を嘆くのみではなく、「弓矢をとるならひ、敵の手にかかッて命を失ふ事、まッたく恥にて恥ならず。」とさすが一軍を率いる大将にふさわしい気骨を示し、「只芳恩には、とく〳〵かうべをはねらるべし」と述べて、それからは口を閉ざしてしまう。この重衡の堂々としてしかも真情にあふれた言葉に、さしもの関東の武士らも涙を禁じ得ない。

頼朝は、平家を個人的に敵と思っているわけではないが、帝王の仰せゆえにこのような仕儀に至ったのだと言葉を掛け、ただし南都を滅ぼした責任者ゆえ、奈良の大衆の思いもあるであろうからと、伊豆の狩野介宗茂に身柄を預ける。

狩野介は情けを解する者で、重衡に対して優しく接する。湯殿を使う折には、二十ばかりの見目美しい女房が介添してくれる。彼女は、頼朝の命によって参上しました、何事も希望があれば承りますとの口上を述べる。重衡が出家の希望を述べたので、彼女は戻り報告したが、それは頼朝一存では決めかねると受け容れられない。湯殿で奉仕をした女性は、手越《てごし》の長者の娘で千手前と言い、見目形も心ざまも優れているので、頼朝がこの二、三年召し使っている者であった。

その夕べ、千手前が琵琶・琴を供に持たせて狩野介の屋敷に参り、狩野介も家の子郎等十余人を伴って重衡をもてなす。

初めは興の乗らない風情の重衡であったが、千手前が「羅綺《らき》の重衣《ちょうい》たる、情なき事を機婦《きふ》に妬む」などと朗詠するのを聞くうちに心打ちとけ、千手前の琴に合わせて琵琶を弾奏して夜を明かした。

翌朝、千手前が頼朝に報告に伺うと、頼朝は重衡のことを、「この三位中将の琵琶の撥《ばち》

鎌倉での宴席（京都学・歴彩館蔵「新板絵入平家物語」）

音《おと》、口ずさみ、夜もすがらたち聞いて候に、優にわりなき人にてをはしけり」としきりに感嘆するのであった。そのような優美な重衡との交流をもった千手前は、重衡に対して特別な感情を抱き続けることとなった。

千手前はなかくに物思のたねとやなりにけん。されば中将南都へわたされて、きられ給ひぬと聞えしかば、やがて様をかへ、こき墨染にやつれはて、信濃国善光寺におこなひすまして、彼後世菩提をとぶらひ、わが身もつひに往生の素懐をとげけるとぞきこえし。

右に見てきた個所は、重衡の武将としての覚悟の高さ、潔さと、同時に文化人としての教養の深さ、優雅な身のこなしなどを説いている。

手越の長者の娘とされて芸能もよくする千手前が、重衡に特別な感情を抱くのはごく自然な推移であろう。駿河国の手越は、「美濃の青墓、遠江の池田、駿河の手越いづれも長者遊君ありて、むかしは往還の武士、軽薄の少年、鞍馬を門につなぎ、千金わらひを買ところなれば」（『丙辰紀行』）とあるように、遊君のいる宿場として知られていた。

であれば、『平家物語』が記す、出家して善光寺で修行生活に入ったというのは、恋愛物語としては、はていかがなものかと、若干の疑問を感じざるを得ない。

さらには『吾妻鏡』における重衡関係の記事によれば、重衡と千手前は、互いに惹かれる存在であったらしい。すなわち、『吾妻鏡』[2]元暦元年四月二十日の記事は次のごとくである。

廿日、戊子《つちのえね》、雨降、終日不二休止一。本三位中将、依二武衛御免一有二沐浴之儀一。其後及二秉燭《へいしょく》之期一、称レ為レ慰二徒然一、被レ遣二藤判官代邦通一、工藤一臈祐経、幷官女一人(号二千手前一)、等於二羽林之方一、剰被レ副二送竹葉上林已下一。羽林殊喜悦、遊興移レ刻、祐経打レ鼓歌二今様一、女房弾二琵琶一、羽林和二横笛一、

重衡は思いがけず、鎌倉の地で、「凡於レ事莫レ不レ催レ興」と感じるほどにこの宴席を楽しみ、さらには、「及二夜半一女房欲レ帰、羽林暫抑二留之一」とのことで、重衡は千手前をたいそう気に入っていた様子である。頼朝は、その夜の宴席を世間の評判を憚って臨席しなかったのは残念なことであったとまで語っている。「武衛又令レ持二宿一領於千手前一、更被二送遣一」とあるので、千手前が重衡の所を訪ねたのは一回限りのことではない。驚いた

ことに、頼朝は、「其上以二祐経一、辺鄙士女、還可レ有二其興一歟。御在国之程、可レ被二召置一」と、重衡の側に千手前を置くことを、部下を通じて知らせてまでいる。このような事情を知れば、重衡と千手前がかなり親密な間柄となったと考えて間違いはなかろう。

そしてそのような間柄であったがゆえに、重衡没後の文治四年五月の『吾妻鏡』の記事に次のような噂話が載ったのであろう。

廿二日、戊子《つちのえね》、入レ夜、御台所御方女房（号二千手前一）、於二御前一絶入、則蘇生。日来無二差病一云々。及レ暁、依レ仰出二里亭一云々

廿五日、辛卯《みずのえう》、今暁千手前卒去（年廿四）、其性大穏便、人々所レ惜也。前故三位中将重衡参向之時、不慮相馴、彼上洛之後、恋慕之思朝夕不レ休、憶念之所レ積、若為二発病之因一之由人疑レ之云々

このように、千手前の死が、重衡への恋慕の積み重ねであるという推測・憶測が鎌倉で語られていたと、歴史書にまで記されているのであれば、物語としては、それをさらに強調するのが自然というものであろう。

## 三　『源平盛衰記』の千手前

『吾妻鏡』は、千手前は重衡への思慕の重なりで死去したか、との推測を記している。それを『平家物語』は、出家したとしている。

『平家物語』が文学作品であるならば、恋人への思慕の積み重ねの故に病没したとする設定の方が、恋人を弔うために出家したとするよりも、感動が深いのではあるまいか。千手前が出家したとする事実が広く知られていて、文学的粉飾をしづらいというのならともかく、思慕ゆえの病死かと、鎌倉幕府の公的な記録に描かれているのだから、これをあえて粉飾し、感動の度合いを引き下げるというのはどうしたものか。文学的感銘を重んじる立場からは、この変更は考えられないとすれば、この改変は他の動機、つまり宗教的な観点からなされたものと考えるのが自然であろう。

千手前の行動を宗教的な観点から脚色する発端は、やはりその名前であろう。重衡の接待役を頼朝から命じられた女性が、遊女の長の娘という出自を持ち、またその名前が千手前と言われていたことは『吾妻鏡』にも明らかである。ゆえに千手前の名前は『平家物語』

の作為ではない。『平家物語』は、むしろこの千手観音を連想させる宗教的名前を有効に活用しようと考えたのであろう。

鎌倉における重衡の物語を考えるうえで、奇妙なのは『源平盛衰記』[3]の加筆であろう。重衡の世話をしたのが、千手前ひとりではなく、「伊王前」というもうひとりの美女もいたとする意外な改変がなされている。重衡を慰める最初の宴席の翌朝、頼朝の許を訪れて、重衡と心打ちとけて合奏したことなどを報告した千手前に対して、頼朝は意外な言動を示すとされている。

ややありて兵衛佐《ひょうえのすけ》は千手に向ひて、さても頼朝が媒《なかだち》こそ、しすまして覚ゆれ、と仰せられければ、女顔打赤めて、全く情を懸け給ふ事侍らず、と申す。年頃ただ千手をばば正直者ぞと思ひたれば、真ならぬ時もありけるや。争《いか》でか御前にて偽り申すべき。さて汝誓言してんや、と宣へば、御赦し候はば、安く候、と申す。その時佐殿《すけどの》顔色悪しざまになりて、これまでは仰せらるまじけれども、汝をやるは中将を慰めん為なり。中将争でか汝に情を懸けざらん。争ふが悪きに、さらば誓言仕れ、と仰す。

千手前は、涙ながらに決して嘘はついていないと神懸けて誓う。そこで、頼朝は伊王前なる女性のことを思い出す。

佐殿手をはたと打ちて、頼朝が心には、並びはあるとも勝るはあらじと思ひたる千手を、中将殿に嫌はれたるこそ無念なれ。吾が内に女のなきに似たりとて、平六兵衛が姪《めい》女に、伊王前とて歳二十になりけるが、みめ形足《た》らひ、遊者ならねば今様朗詠こそせざれども、琵琶・琴の上手にて、歌・連歌、よろづ情ありける女なり。はなやかに出立ちて結四手《ゆうしで》といふ美女相具して、中将へ進《まい》らせらる。敵ながらも頼朝は、都なれてやさしき女を余多《あまた》持ちたりけり。又情深くも振舞ひたりとおぼしければ、終夜《よもすがら》優におかしき御物語はありけれども、これにも心は移されず。

千手前と伊王前という二人の美女を前にしても、これに溺れることもない重衡なる人物を、頼朝は噂通りの信頼のおける人物と感嘆し、今後も千手前と伊王前に重衡への宮仕えを命じるのであった。

これにおはせん程は、夜まぜに参りて宮仕へせよ。努々《ゆめゆめ》疎かに仕ふべからず、と仰せられければ、千手は榊葉といふ美女を具し、伊王は結四手といふ美女を供にて、今年の卯月の一日より明くる年の六月上旬迄、打替り打替り参りつつ、御宮仕ぞ申しける。

鎌倉における重衡の接待をした女性との交渉譚を、共感を得やすい恋愛物語として語る上からは、接待役の女性はひとりでなくてはならないはずである。これをふたりと設定したのでは、その恋愛の純粋性は削がれる結果を招くであろう。事実、『平家物語』の多くの本はその女性を千手前ひとりとしており、「伊王前」も登場するのは、『源平盛衰記』と『南都異本平家物語』のみである。ここでも先と同じ疑問を持たざるをえない。すなわち『源平盛衰記』などは、恋愛譚としての純粋さを犠牲にしてまで、「伊王前」なる架空の人物を登場させたのはなぜか、という疑問である。

千手前なる芸能に長けた女性が実在の人物であり、その通名が千手であったことは確かであろう。それに対して伊王は、その存在自身が虚構である可能性が高い。であれば、その名前も作為的に導き出された仮名なのであろう。『平家物語』における女性芸能者で「某王」との名前を持つ人物といえば、平清盛の寵愛を受けた「祇王」が想起されよう。

まずは、このあたりの名前が考慮されたとみてよかろう。ましてや、祇王説話は、「祇王・祇女」、「祇王・仏御前」と、対になって語られる設定となっている。『源平盛衰記』の作者も、「千手・伊王」の対の関係を、「祇王・仏御前」を意識して設定したと考えるのは、自然なことである。

さて、神・仏という極めて宗教的な名前をもつ「祇王・仏御前」の名前や行動の設定が、浄土思想や女人往生を唱導する思想に基づいていることはよく知られているが、では、「千手・伊王」はどうであろうか。

「千手」が千手観音を寓意していることは勿論である。では「伊王」はどうであろうか。「伊王」は日本における仏名表記の慣例からすれば、「医王」すなわち薬師如来のこととなる。『南都異本平家物語』[4]は、伊王を基本的に「伊王」と書くが、「中将御二覧之一、醫王情方不レ知、貌千手増」と「医（醫）王」とも表記している。『秋夜長物語』[5]は、延暦寺の本尊の薬師如来、及びその守護神たる日吉山王の意である「医王山王」の語を「伊王山王」と表記している。

平重盛が平家の前途を悲観し、力のあるうちに、なるべく多くの善事をなさんと、舎利信仰で有名な中国の阿育王寺（中世日本ではイオウジと読んだ）に黄金を寄進したという話が、『平家物語』巻三「金渡」に出ているが、この阿育王寺の表記を、延慶本は「伊王山」と記している。こちらの「伊王」を重視すれば、伊王前は舎利信仰と関わるし、医王の意味だと考えれば、薬師信仰と関わることとなる。

いずれにせよ、伊王前の名前が仏教的であることは間違いなかろう。千手前と伊王前の名前が宗教色に彩られていることは、彼女たちに付き従っていたとされる美女が、千手前には「榊葉」、伊王前には「結四手」という神道に関わる名として設定されていることからも首肯できよう。

それにしても『源平盛衰記』の作者はなぜ、一人で十分な重衡の接待役をふたりとし、しかもその名前が「千手」「伊王」という名前であったのであろうか。

この疑問は、彼女たちの重衡没後の動向を見ることで、推測が可能であろう。

扨《さて》も中将南都に流されて斬られ給ひにしかば、二人の者共さしつどひて臥し沈みてぞ嘆きける。由なき人に馴れ奉り、憂き目を見聞く悲しさよ。中将岩木を結ばぬ身なればなどか我等に靡《なび》く心もなかるべきなれども、かやうになり給ふべき身にて、人にも思ひをつけじ、我も物を思はじと心強くおはしける事のいとほしさよとて、共に袖をぞ絞りける。何事も先世の事と聞けば思ひ残すべき事はなけれども、後世弔ふべき一人の子なき事こそ悲しけれと仰せられしものをとて、二人相共に佐殿《すけどの》に参りて、故三位中将殿に去年より相馴れ奉り、その面影忘れ奉らず。後世を助くべき者なしと嘆き仰せ候ひき。見参に入り侍りけるも然るべき事にこそ候ふなれば、暇を賜はり様を替へて菩提を助け奉らんと申しけれども、その赦しなければ、尼にはならざりけれども、戒を持《たも》ち念仏唱へて常は弔ひ奉りける。中将第三年の遠忌《おんき》に当りけるには、強ひて暇を申しつつ、千手二十三、伊王二十二の緑の髪を落し、墨の衣に裁ち替へて、一所に庵室を結び九品《くほん》に往生を祈りける。

千手前と伊王前の、『平家物語』における役割を考えるうえで、参考となる女性は少なくない。壇の浦で死すべきところ、不運にも生き残らざるをえなかった建礼門院は、やがて大原の里で、息子安徳天皇や平家一門の菩提を弔いながら往生を遂げている。清盛に人生を翻弄された祇王・仏御前は、ともに自らの女人往生を願うのであったが、清盛没後の彼女たちの祈りの中に、清盛を悼む気持ちが全くなかったと断ずることは難しい。重衡の北の方の場合も、重衡の遺骨は高野山に納め、自らは「様をかへ、かの後世菩提をとぶらはれけるこそ哀れなれ」（覚一本）と描かれている。

さてそれでは千手前の死を、『吾妻鏡』のごとくに、重衡への思慕故の病死とした場合、重衡は、鎌倉方の者で頼朝の側近くに仕えていた女性が焦がれ死するほどに魅力的な武将・文化人であったという一面は強まるであろうが、その処刑後に、彼の菩提を弔う女性としての役割を千手は担えなくなってしまう。偶然とは言え、「千手観音」の語をその身にまとっている彼女が、そのような死を迎えたと描くことは、信心深い『平家物語』作者にしてみれば、きわめて不自然な展開と感じられるであろう。

『平家物語』の作者としては、千手を、その名の通りに千手観音として扱い、重衡の菩提を弔うと描くことで、暗に重衡の救済[6]を示したのであろう。そして『源平盛衰記』は、さらに念入りに、伊王というもうひとりの仏を設定したのであろう。

重衡は、自らが意図したことでないとはいえ、結果として東大寺の大仏を焼き討ちした大将であった。信仰心篤い『平家物語』の作者が、仏敵ともいうべき重衡の救済を許容するであろうか。それは確かにそうである。重衡の救済・往生の可否は単純ではない。しかし、処刑に至る重衡の動静を語る『平家物語』の筆致は、押しなべて好意的・同情的である。

> 三位中将、守護の武士に宣ひけるは、この程、事にふれてなさけふかう芳心おはしつるこそ、ありがたううれしけれ。同じくは最期に芳恩かうぶりたき事あり。我は一人の子なければ、この世に思ひおく事なきに、年頃相具したりし女房の、日野といふ所にありと聞く。いま一度対面して、後生の事を申しおかばやと思ふなり、とて、片時《へんし》の暇をこはれけり。武士どもさすが岩木ならねば、おの〳〵涙をながしつつ、なにかは苦しう候べき、とてゆるし奉る。　（覚一本）

このように警護の武士の恩情によって、京都郊外の日野に身を寄せていた北の方と対面することが叶い、ほんの短い間であったものの、衣服を着替え、別れの歌を詠むなどしたが、いよいよ永の別れのときが訪れる。

昔今の事宣ふに付けても、悲しさのみ深くなり行けば、日を重ね夜を重ぬとも尽くべきにあらず。程経れば武士共の待ち思はん事も心なければ、嬉しく見奉る、とて泣く〳〵立ち給へば、北の方、いかにや、さるにてもしばし、とて袖をひかへ、今日ばかりは留まり給へ、武士もなどか一日の暇を得させざらん。年を経ても待ち得べき事にあらず。

又もと思ふ見参《げんざん》も今日を限りの別れなれば、と宣へば、中将、一日の暇を乞ひたりとも、明日の別れも同じ事、心の中ただ推量り給へ。されども逃るべきにあらず。契りあらば来世にても見つべし、とて出で給へば、北の方は人の見るにも憚らず、縁の際まで出で給ひ、臥しまろびて喚《おめ》き叫び給ふ。中将は馬に乗りたりけれども、進めもやり給はず、涙にくれて行く前も見えず、その身は南都へ向へども、心は日野にぞ留まりける。

大納言典侍は走り付きてもおはしぬべく覚え給ひけれども、それもさすがなれば、引き被《かず》きてぞ臥し給ふ。永き別れの道、さこそは悲しく思ふらめと、武士も袂を絞りけり。

（『源平盛衰記』巻四十五）

また、この時代、罪びとであっても祈りの気持ちがあれば仏は救ってくださるという信仰が一般に浸透していたようである。『梁塵秘抄』の次のような今様がそのことを証している。

弥陀の誓ぞ頼もしき。十悪五逆の人なれど、一度《ひとたび》御名を唱ふれば、来迎引接《いんじょう》疑はず

（二三七）

『源平盛衰記』、覚一本ともに、鎌倉での宴席で、千手前は「十悪と雖ども猶引接す」という朗詠を吟じ、なお「極楽欣《ねが》はん人は皆、弥陀の名号唱ふべし」との今様を歌っている。このような仏教観、人生観を後景において『平家物語』の重衡の記述を考えれば、彼への共感は物語的見地からはもちろんのこと、仏教的見地からも見ることができるといえる。すなわち先にも論じたが、千手の名前から発して、彼女を恋愛の悲劇のヒロインの位置から、宗教家へと変貌させた改変などは、『平家物語』が重衡説話において宗教的な救いをも企図していたからであろう。

『平家物語』諸本の重衡説話で、宗教色がより濃厚になってくるのは、『源平盛衰記』であろう。千手前の登場のみで十分に感動的であるのに、さらに伊王前をその傍らに配置する。重衡の菩提を弔うのが千手前ひとりではなく、伊王前と共にという設定は明らかに祇王・仏御前を意識した設定といえよう。祇王・仏御前の物語が、文学的にもすぐれたものであると同時に、宗教的物語であることは明らかであろう。祇王・仏御前物語が女人往生により力点が置かれているのに対して、千手前・伊王前説話は、仏菩薩による罪びとの救済により力点が置かれているといえよう。伊王前を付け加えることで、『源平盛衰記』は、『平家物語』諸本の中でも重衡の救済により一層踏み込んだといえよう。このことは、当然『源平盛衰記』の重衡像の造形というより大きなテーマとも関わってこよう。

## 四　『源平盛衰記』の重衡

千手前の物語において、『源平盛衰記』が特異な記述をもつことは、右に見たとおりである。では、重衡の扱いはどうであろうか。『源平盛衰記』における重衡説話の特異さをよく示しているのは、千手前・伊王前との交流の個所とともに、重衡の処刑の場面であろう。

まず、『平家物語』「重衡被斬」を覚一本によってその概要を見ておこう。

重衡は去年より狩野介宗茂に預けられていたが、南都の大衆が頻りに引き渡しを要求するので、頼朝は源頼政の次男、頼兼に命じて、奈良へ移すこととなった。途中、醍醐路を通過するにあたって、重衡の北の方がすぐ近くの日野に身を寄せていることから、対面を願い出る。

この北の方は、平家一門と共に、壇の浦まで付き従っていて、海に入水するも源氏の武士たちに捕らわれた後、縁者を頼ってこの日野の里に隠棲していたのである。警護の武士の許しを得て、夫婦は久しぶりの再会を喜ぶも、同時にこれが最後の対面となる悲しみに打ちひしがれる。重衡は長旅で汚れた衣服を浄衣に着替える。「せきかねて泪のかゝるからころも後の形見にぬぎぞかへぬる」(重衡)、「ぬぎかふるころもゝいまはなにかせんけふをかぎりの形見と思へば」(北の方)。北の方は重衡の袖にすがって引きとどめるも、重衡は来世での再会を語って、涙とともに日野の寓居を後にする。重衡の身柄を受け取った南都の大衆は、鋸で首を切るか、または生き埋めにするかなどと詮議するが、老僧達の意見で、処刑は武士に任せることとなる。木津川の川岸で処刑と決まり、当日は数千人の群衆が集まった。そんな中、重衡に日頃召し使われていた知時《ともとき》なる者が駆けつけて、重衡の最後の頼みである、仏像を探しだして、河原の砂の上に据えた。その阿弥陀像の手と重衡の手を紐で結んで、最後の念仏を唱えるうちに、処刑が行われた。首は般若寺の大鳥居の前に懸けられ、躯《むくろ》は日野に送った。やがて首も取り返して煙となした。骨は高野山に送り、日野に墓を営んだ。北の方も様を変えて、重衡の後世菩提を弔った。

これに対して、『源平盛衰記』の記述は詳細であり、またその内容も多少の相違を見せている。

北の方は重衡との悲しい別れの後、泣き伏していたが、暮れ方には日野の法界寺より上人を招いて出家をした。重衡を警護して南都に赴いた土肥次郎は木津の地で、使者を立てて南都の僧らに重衡の処遇を問い合わせる。南都の若大衆らは、「爰《ここ》に故浄海入道、悪逆の催すところ、重衡を以て軍将として、園城三井の法水を尽し、南京二寺の恵燈《えとう》を消す。…啻《ただ》に仏陀の教法を亡ぼすのみに非ず。専ら浄侶の弘通《ぐつう》を廃失す。守屋が違逆に過ぎ、調《ちょう》達《だつ》が謗法《ほうぼう》に超えたり。…然れば早く衆徒の手に請け取り、両寺の大垣三度廻し、その後七箇日の間に頭を彫《ほ》るか、鋸《のこぎ》るか、嬲切《なぶりぎ》りに殺すべし」と主張した。これに対して老僧らは、「修学利生の窓中にして、邪見不善の科を行なはば、菩薩の大悲に背き、僧徒の威儀にあらじ」と説得し、結局重衡の処刑は武士に任せ、その首を南都でさらすことと決した。

南都の返事を受けて、土肥次郎は、夕暮れになったので、木津川の南の旧堂に重衡を入れた。ここで重衡は行水を使い、武士どもが用意していた最期の装束に着替える。身を清めて、重衡は武士たちに、頼朝の政治への批判と自らの東大寺焼き討ちへの考えを述べる。武士らのなぜ自害しなかったのかという問いには、「人の胸には三身の如来とて仏おはします。怖《おそろ》し悲しと思ひて、身より血をあやさん事は、仏を害するに似たり。されば自害をばせざりき」と朗らかに答える。

その後、中将つい立ちて、正面の東の妻を立廻り、後戸《うしろど》の方を見給へば、歳六十余りの僧、左手には花を持ち、右の手には念珠に打鳴し取り具して参りたり。あはれ僧がな一人と思し召しつるに、神妙にも参り給へり。

死を目前にして、せめて回向《えこう》の経を読んでくれる僧でもいればと重衡が思っていたところ、旧堂の後戸から意外な人物が登場する。

中将、僧に向ひて宣ひけるは、善智識の人がなと思ひつるに、折しも神妙にも候。抑《そも》々《そも》重衡世にありし程は、出仕にまぎれ世務にほだされて、驕慢の心のみ起りて、後世のたくはへ微塵ばかりもなし。況や世乱れ、軍《いくさ》起って後、この三四年の間は、彼を禦《ふせ》ぎ、我を助けんとの営みの外は又他事なし。就中《なかんずく》南都炎上の事、王命といひ、父命といひ、君に仕へ、世に随ふ習ひ、力及ばず罷り向ひ侍りぬ。それに、思はずに火出で来て、風烈しくして、伽藍の滅亡に及ぶ。それを重衡が所為《しわざ》と皆人の申しゝ事の、今思ひ合すれば実《まこと》に侍りけり。さればにや、人もこそ多けれ、一門の中に我一人虜《いけどら》れて、京・鎌倉に恥を曝し、これまで骸《かばね》をさらさん事只今に極まれり。さればかゝる罪人の、いかなる善を修し、いかなる仏を憑み奉りてか、一劫助かる事候べき。示し給へと、泣く〳〵掻きくどき宣へば、僧急《き》と土肥に目を見合はすれば、実平、ともかくも、仰せに随ひ、参られ候へ、と申す。

後戸の僧は、重衡の懇請に応えて懇ろに阿弥陀経などを読誦し、阿弥陀および地蔵の功徳を説き聞かせると、重衡も武士らも涙にむせぶのであった。

その後又弥陀経一巻、懺法《せんぼう》早らかに一巻読みけるが、六根段に懸りけるに、暁の野寺の鐘の声五更の空にぞ響きける。中将涙を流しつつい立ちて、東の妻を後戸の方へおはす。兵《つわもの》二人影の様にて御身を離れ奉らず。後戸の縁をかなたへ行道しおはしましけるに、紫の雲一筋出で来たり。折しも郭公《ほととぎす》の啼《な》きて、西をさして行きけるを聞き給ひてかく、思ふ事かたりあはせん郭公げに嬉しくも西へ行くかな、と口すさび給ひける御声ばかりぞ幽かに聞えける。坪の中大庭に並み居たりける武士もはら〳〵と立ちにけり。上人は、こは何となり給ひぬるやらん、と

重衡被斬
（京都学・歴彩館蔵「源平盛衰記図会）

思ひて、立ち給ひたる跡を見れば、涙を拭ひ給へる畳紙《たとうがみ》も濡れながらいまだあり。庭を見れば沓《くつ》の鼻をかかへて、かぶり居たる犬あり。立廻り後戸を見れば、首もなき死人うつぶしに臥したり。犬二三匹そばにてこれを諍ひ居たり。あな無慚や。この中将既に切られ給ひけるにこそ、と思ひ、前後なりける犬共を追払ひて、松葉・柴の葉を折りかざし、経読み念仏して弔ひ奉る。

この個所、『平家物語』や『吾妻鏡』にはない。「紫の雲一筋出で来たり」という記述も注目されるところだが、なによりも『源平盛衰記』の記述で特異なのは、後戸の僧の登場である。

後戸（後堂）とは、中世の仏教および芸能においては、次のような空間である。

まず、世阿弥の『風姿花伝』「第四神儀」が語る有名な能楽の起源神話にこの後戸が登場する。

須達《しゅだつ》長者は祇園精舎を建てて、その供養のとき、釈迦が説法をしようとすると提婆達多《だいばだった》が外道一万人を伴って騒ぎ立てたので、供養が不可能であった。弟子の舎利弗《しゃりほつ》は釈迦の指示を受けて、御堂の後戸にて鼓・唱歌を整えて、六十六番の物まねをすることによって、外道らを後戸に引き付け、静かにさせた。釈迦はその間に供養を終えた。それ以来、天竺でこの道は始まった。この能楽起源神話に連動して、中世には法勝寺《ほっしょうじ》などの大寺院では、修正会《しゅしょうえ》において、後戸の猿楽が行われていた（『弁内侍日記』建長三年正月十二日条）。

このような来歴と性格をもつ後戸なる空間が、中世の文学作品ではどのような場面で登場していたか。

幸若舞曲「文覚」では、都での不遜な振る舞いを咎められて伊豆大島に流されていた文覚の占いの評判を耳にした、流人である頼朝は、信頼できる家来とともに、密かに大島の観音堂に立ち寄る。その後戸の縁を踏み歩く音を聞いた文覚は、百日以内に日本のあるじとなる人の足音であると不思議がる。

頼朝が「後堂の縁の板をどう〳〵と踏みならし」たとしているのは、修正会の儀式での猿楽師の所作を連想させる。そして、後堂にたたずむ頼朝を、その姿・素性を知ることもない文覚が、「遠くは百日、近くは五十日の間に、日本のあるじとなる人の足音と聞たる事の不思議さよ」とその運命を占っている。後堂という空間の神秘であり、後堂に身を置き、そこから登場する人物の神秘性を暗示する空間装置との理解が広がっていたのであろう。

後堂の空間の不思議を語る話が『沙石集』[7]巻二第一話にもある。

河内国の生蓮房《しょうれんぼう》という僧は長年、本当の仏舎利を感得《かんとく》したいと深く願っていた。河内の聖徳太子廟（叡福寺）に詣でてこのことを祈念していたところ、夜半、御廟窟から老僧が現れて、汝が所望する仏舎利は、傍らに臥す者に乞え、と教えた。生蓮房の傍らには、齢二十二三ばかりの歩き巫女が臥していた。生蓮房によって起こされた巫女は、「浄土堂へおはせ。渡し奉らん。安き事なり」と請け負い、暗闇の中、堂の後戸にて、御舎利十粒ほどを袋より出して示して、生蓮房に有縁《うえん》の舎利一粒を渡した。その不思議な歩き巫女は翌朝、姿が見えなくなっていた。変化《へんげ》の者であったのだろう。

十粒ほどの仏舎利をもっている不思議な歩き巫女が、生蓮房に渡すために指定したのは、浄土堂の「常灯の光も及ばぬ後戸」であり、生蓮房はその暗闇の中での受け渡しに、「身の毛よ立ちて貴く覚え」たのである。

重衡が斬られる直前に、死にゆく重衡の気持ちを安らかにすべく出現した僧が姿を現した後戸は、右のようないわば聖なる空間であった。

覚一本も処刑に際しての重衡に対しては十分に同情的な描きかたをしているが、後戸の僧による手厚い説法や、ましてや紫の雲の出現などは表現していない。このように見てくれば、後戸の僧の出現と、その導きによる重衡の死を、『源平盛衰記』は往生譚として描こうとしていると考えるのが自然であろう。

『源平盛衰記』は、千手前・伊王前の事例といい、この後戸の僧の事例といい、重衡の往生の可能性に関して、他の『平家物語』諸本に比して、一歩踏み込んだテキストとなっている。

これは、仏敵は必ず地獄に堕ちるというような常識から踏み出した発想であろう。悪人正機《しょうき》などの思潮とも一脈通じているのであろう。ただし、『源平盛衰記』も重衡の往生・救済を全面的に鼓吹《こすい》しているわけではなさそうである。

それは言うまでもなく「犬二三匹そばにてこれを諍ひ居たり」という不気味な記述である。このような記述は、重衡の死の殺伐とした風景を表すものであり、決して『源平盛衰記』の記述が重衡美化一色ではないことを示している。このような記述の揺れ、複雑さは、『源平盛衰記』における重衡説話の豊穣さと理解することができよう。

本章では、千手前・伊王前、そして重衡に対する『源平盛衰記』の記述に焦点を絞って見て来た。総じて、『平家物語』諸本中でも特異で詳細な本文をもつ『源平盛衰記』の記述が他本に比して詳しいのは当然のこととして、重衡とその周辺の人物に対する筆致が同情的であるのは共通している。

千手前ひとりにとどまらず、伊王前なる架空の人物を登場させているのも、仏教色をより強調するためである。『平家物語』はおしなべて、平家滅亡の悲哀を、物語的感動と仏教教理との調和を保ちつつ記述された文学であるといえよう。『源平盛衰記』は、他本に比してその仏教色がより強調される傾向はあるものの、大きくその調和を乱してはいない。むしろ、中世の仏教思想の多様な面を垣間見せてくれているといえよう。千手前と重衡をめぐる伝承を読み解く中で、『源平盛衰記』の記述に注目することで、中世人の『平家物語』の登場人物へのまなざしの深さが見えて来たといえよう。

## 注

1　覚一別本『平家物語』巻五「奈良炎上」（新編日本古典文学全集）。
2　『吾妻鏡』（名著刊行会）。
3　『源平盛衰記』巻三十九（新人物往来社）。
4　『南都異本　平家物語』（古典研究会叢書。汲古書院）。南都異本における伊王の存在に言及した論考に、水原一『平家物語の形成』（加藤中道館。一九七一年）、松尾葦江「長門本の基礎研究」（『平家物語論究』明治書院。一九八五年）、畠中愛美「南都異本『平家物語』における平重衡の造型」（『伝承文学研究』第六十八号。二〇一九年八月）がある。
5　『秋夜長物語』（大東急記念文庫本。文禄本。『室町時代物語大成』第一。角川書店）。
6　重衡の「救済」という問題に触れた論考としては、以下のような諸論文がある。小林美和『『平家物語』の重盛像」（『軍記物語の窓』第一集。和泉書院。一九九七年十二月）、源健一郎「〈堤婆〉と〈後戸〉―源平盛衰記の重衡・続」（『埴生野』第二号。二〇〇三年三月）、石澤侑子「延慶本『平家物語』に見る平重衡往生譚」（『国文目白』第五十一号。二〇一二年二月）。
7　『沙石集』巻二（新編日本古典文学全集）。

# 建礼門院妙音菩薩考

## はじめに

建礼門院は平家一門の繁栄の源泉であり、象徴であった。彼女が高倉天皇と結婚し、皇子を生むことによって、平家の権力は盤石なものとなった。その象徴は、平家一門が壇の浦で滅亡を迎えたとき、わが子とともに海底に沈むはずであった。

しかし、彼女はその意思に反して、救出されてしまった。ここから『平家物語』は、建礼門院に物語終末部の主人公としての役割を担わせることとなる。

いわく大原御幸、いわく六道巡り、そして平家一門の鎮魂という重い役割を、である。この重要にして不幸な女院を評価するにあたって、長門本『平家物語』と四部合戦状本は、彼女を妙音菩薩と評しているのである。しかも、のようだという比喩としてではなく、化身・垂迹という宗教的な言い回しで、そうだというのである。

そもそも妙音菩薩とはどのような仏さまであるのか。その菩薩を、建礼門院と一体視することに、『平家物語』作者のどのような思惑が秘められているのか。

本章では、建礼門院を妙音菩薩の化身であるとする説を中心にして、この考えの背景にある作者の宗教観と、それが『平家物語』の構成にどのような意味をもつかを考えていきたい。

## 一　妙音菩薩

清盛の娘である建礼門院徳子は、後白河法皇の第七皇子の高倉天皇に入内して第一皇子を産んだ。皇子はわずか三歳で即位し（安徳天皇）、建礼門院は国母となって栄華の絶頂を極めるが、まもなく夫の高倉天皇と父親の清盛が死去したことで、彼女の運命は暗転する。木曽義仲軍の攻撃を前にした平家一門は都落ちを余儀なくされ、瀬戸内海で拠点としていた屋島も義経に急襲されてしまう。そして壇の浦において平家一門は悲劇的な最期を迎える。建礼門院も入水したが、心ならずも源氏の兵士に救出され、捕らわれの身として京都に帰ることとなった。帰還直後は鴨川の東、吉田で出家して隠棲していたが、都近くに住むことに物憂さを覚え、洛北大原の寂光院に移って、静かに安徳帝や一門の菩提を弔う晩年を送った。

長門本[1]は次のような建礼門院の最期の描写で物語全体を擱筆している。

其後建久三年三月十三日に、御年六十にて法皇隠れさせ給ひぬ。平家都を落て、西海の波の上にたゞよひて、先帝海中に沈ませ給ひ、百官悉く波ノ底に入りし事、只今の様に思召しけり。いかなりける罪報にて、うき事をのみ見聞くらんと、御歎きつきせざりけり。されども山林の御すまひ、寂莫の境なれば、思召し慰まるゝ事多かりけり。峯にならべる梢をば、七重宝樹となぞらへ、岩間を伝ふ谷水をば、八功徳水と観じつゝ、春の花、秋の月、山時鳥にたぐへても、西吹く風に心をかけ、御年六十一と申貞応二年春の比、紫の雲の迎ひを待得つゝ、御往生の素懐を遂させ給けり。一期の御回向空しからざれば、御一門の人々も、一仏浄土の縁御疑ひ有べからず。昔の后妃の位におはしまさば、栄輝御心に染で、御執心もおはしますべし。源平の逆乱に、神を砕き、厭離穢土の御志深ありけり。されば、悪縁を善縁として、遂に御本意を成就せられけり。

或人の云、建礼門院は、妙音菩薩の化身にておはしますと云々。

このように、長門本は、建礼門院説話の最期に、あたかも当時の人々の噂話を付記したとでもいうように、「ある人の云、妙音菩薩の化身におはしますと云々。」との記述を残す。

これに対して、四部合戦状本[2]は、

昔は東に向かひて「南無天照大神、正八幡宮」と、君の御宝算をこそ祈らせたまひしに、今は西に向かひて、「南無西方極楽教主善逝《ぜんぜい》、天子聖霊、一門一族、成等正覚」と申させたまふも哀れなり。之を承る程に、人々涙を流さゞるは莫《な》し。抑も女院は、妙音菩薩の垂迹と申し伝へたり。而れば此の寂光院にて、弥《いよいよ》行ひ澄まさせたまひて年月送らせたまふ。適《たまたま》付き副《そ》ひ奉る尼女房達も、或は死に、或は堪へ兼ねて出でにけり。（中略）之に付けても朝夕の行業怠らせたまはずして、御年六十七と申す貞応二年の春の暮、東山の鷲尾と云ふ処にて御往生有り。臨終正念にてぞ御在しける。紫雲空にたなびき、異香室に薫じ、音楽西に聞こえ、聖衆《しょうじゅ》東へ来たりければ、終《つい》に往生の素懐を遂げさせたまふ。今生の御恨みは一旦の御歎きなり。後生成仏の御喜びは類無き御事ぞかし。「善知識は是大因縁なり」と経文に在るも理かな。形容は咲《わら》ふが如くして、端坐して息絶えたまひぬ。則ち是、女人往生の規模は、末代の手本なりと云々。

と、物語叙述の中で伝聞としてこのことを記している。このように複数のテキストで、建礼門院の妙音菩薩説が記されていることから、中世の或る時期に一定の広がりをもった考え方であったらしい。

では、この「妙音菩薩」とはそもそもどのような仏なのであろうか。この菩薩はもちろん、第一義的には『法華経』第二十四「妙音菩薩品」に出てくる菩薩である。この菩薩は釈迦が法華経の功徳を説法する席に現れて、法華経を讃嘆した仏である。この仏に関しては榊泰純氏[3]が、『法華経』二十四「妙音菩薩品」の「処処為㆓諸衆生㆒説㆓是経典㆒…乃至於㆓王後宮㆒、変為㆓女身㆒而説㆓是経㆒…」という、王の後宮に女性としても現れるとの文言に注目して、高倉天皇の妃となった建礼門院徳子にはふさわしいとしている。

現代のわたしたちにはこの妙音菩薩なる仏はさほど認知度は高くはないが、中世においては、「妙音菩薩の誓ひこそ、返す〳〵もあはれなれ、娑婆界の衆生故、三十四までに身を分けつ」（『梁塵秘抄』[4]一五六）、あるいは「我が身一つは界《さか》ひつゝ、十方界には形分け、

衆生普《あまね》く導きて、浄光国には帰りにし」（同一五五）

と今様にも歌われるくらいであるから、娑婆世界の衆生を導くために三十四のさまざまな形に身を変じてくれる仏として、ある程度は知られていたらしい。

なるほど、確かに妙音菩薩は、

或は比丘・比丘尼・優婆塞・優婆夷の身を現わし、或は長者・居士の婦女の身を現わし、或は宰官の婦女の身を現わし、或は婆羅門の婦女の身を現わし、或は童男・童女の身を現わし、或は天・竜・夜叉・乾闥婆《けんだつば》・阿修羅・迦楼羅《かるら》・緊那羅《きんなら》・摩睺羅伽《まごらか》・人・非人等の身を現わして、この経を説き、諸有《あらゆ》る地獄・餓鬼・畜生及び諸《もろもろ》の難処は皆、能《よ》く救済し、乃至、王の後宮においては変じて女身と為《な》りて、この経を説けり。華徳よ、この妙音菩薩は能《よ》く娑婆世界の諸の衆生を救護《くご》する者なり。[5]

と、王の後宮において女身と為るのみならず、地獄・餓鬼・畜生道において苦しむ衆生を

妙音菩薩像（国立国会図書館蔵「仏像図彙」）

救済するとされている。建礼門院の六道語りによく符合している。『平家物語』が記す妙音菩薩とは、まずは『法華経』二四品の妙音菩薩と解釈すべきであろう。

しかし、長門本と四部合戦状本における建礼門院の妙音菩薩の意味するところに関しては、他の解釈も許容する曖昧さがある。それは、その記述の余りの簡略さが、読者をして他の想像へと誘うのかもしれない。

妙音菩薩は、弁財天の別名としても考えられていたらしい（『渓嵐拾葉集』巻三十六「求聞持三字事」）。この点から、兵藤裕己氏[6]は、この妙音菩薩を弁財天であると指摘し、そのように解釈すれば、音楽との縁で、琵琶法師が崇拝していた弁財天（『妙音講縁起』他）と『平家物語』との接点が推測されるとした。

確かに、『平家物語』を語っていた琵琶法師との関係を推測しうる点で興味深い。ただ、『平家物語』全体と弁財天信仰とのつながりを想定することは可能であるが、この長大な物語の終結部、建礼門院の最期の場面で、弁財天との関わりを述べるのは、物語の叙述の流れからして、やや唐突であるとの印象も否めない。

## 二　妙音＝文殊説

妙音という菩薩は、弁財天のみならず、密教では文殊菩薩の異名でもあった。

妙音ハ提婆品ノ文殊ト云事ハ文殊ニ妙音ト云名有ル也。智積妙音者文殊也云々。[7]

しからば、この『平家物語』の終結部に文殊菩薩が登場することに、何か必然性はあるのだろうか。これは、名波弘彰氏[8]も指摘しているように、『法華経』の龍女成仏の説話からして大いに関連性が窺えるのである。すなわち、『法華経』第十二「提婆達多品《だいばだつたぼん》」で文殊は、海中における説法について次のように語る。

文殊師利の言わく「われは海中において、唯、常に妙法華経のみを宣説せり」と。智積は、文殊師利に問うて言わく「この経は甚深微妙にして、諸経の中の宝、世に希有なる所なり。頗、衆生にして、勤めて精進を加え、この経を修業せば、速かに仏を得ること有り不《や》」と。文殊師利の言わく「有り。娑竭羅《しゃがら》竜王の女《むすめ》は、年、始めて八歳なり。智慧は利根にして、善く衆生の諸根の行業を知り、陀羅尼を得、諸仏の説きし所の甚深の秘蔵を悉く能く受持し、深く禅定に入りて、諸法を了達し、刹那の頃に、菩提心を発《おこ》して、不退転を得たり。…

この文殊の言葉に呼応するかのように、この釈迦と弟子たちの討論の場に海中より出現したのが、文殊によって法華経の教えを聞いて悟りを開いた、龍王の八歳の娘であり、広く知られている龍女成仏の説話なのである。まさに「文殊の海に入りしには、娑伽羅《しゃがら》王波をやめ、龍女が南へ行きしかば、無垢《むく》や世界にも月澄めり」（『梁塵秘抄』二九三）のように、海中に赴き、龍女を悟りへと導いたのは文殊であった。

ところで、建礼門院が生んだ安徳先帝は、壇の浦の合戦後、その龍宮世界で平家一門に囲繞《いにょう》されつつ過ごしていると建礼門院は認識していた。

ある夜の夢に、ゆゝしげ成御所に、先帝二位殿を始として、宗盛以下の公卿殿三人並居たり。是はいづくぞと尋ぬれば、龍宮城とこたふ。此所に苦しみはなきかと問へば、いかでくるしみなかるべきと答て夢覚ぬ。（長門本巻二十「灌頂巻」）

ここで注目されるのは、この龍宮世界でも苦しみは存在することである。この龍の苦しみとは、金翅鳥《こんじちょう》に龍が食べられることを指しているとされる。龍宮にいる安徳先帝が畜生であるが故の苦しみを受け続けているのであれば、これを救済しなければならない。でなければ、平家一門の魂は救済されないままであり、それは『平家物語』の主題にも関わる事柄となろう。『平家物語』結末部に、建礼門院と関わって登場した「菩薩」とは、論理的に考えれば、海中の龍女を悟りへと導いた「文殊」と解釈するのが最も自然であろう。しかし、現実的には長門本も四部合戦状本も「妙音」と記していて、「文殊」とは記していないのである。これで、名称の上でも妙音と文殊に何の関わりもなければ、いくら論理上、文殊が適当であっても、この菩薩を文殊とするのは適当ではないことになる。しかし、妙音菩薩は文殊菩薩でもあると、中世の密教界では理解されていたのである。建礼門院を文殊菩薩に比定することは、さして可能性のない話ではなくなって来よう。

もしそうだとすれば、なぜ『平家物語』作者は、素直に建礼門院は文殊の化身であったと記さなかったのであろう。この点については、妙音＝文殊説を唱えた名波弘彰氏[9]も問題にしていて、

ただそれでは、なぜ端的に女院において文殊菩薩化身説が発生しなかったのであろう

か。それはいうまでもなく、文殊菩薩が男性霊格だからであって、そのために女院をただちに文殊菩薩の化身とはみなせなかったのであろう。それに対して妙音菩薩は、さきにもふれたごとく観世音菩薩とともに女性霊格とされていて、物語はそれを反映したものだろうと思われる。

と、文殊が男性霊格であったからとしている。確かに一般的な認識では文殊は男性仏と見做されよう。しかし、仔細に文殊菩薩のイメージを検討するに、文殊と女性との関わりを窺わせる事例も少なくない。

文殊像が彫刻なり絵画なりで描かれる折、獅子に跨る文殊の姿が多く見られる。そしてそうした場合、文殊は壮麗な蓋襠衣《がいとうい》を身に纏っているが、この蓋襠衣とは、インドの貴族女性の着衣であった。

蓋襠衣はそもそもインドの貴族女性の上着（宮中に仕える女性の服装ともいわれる）であるが、菩薩である文殊が女性の衣を身に着けるのは、般若つまり知恵を司る文殊菩薩と同じ知恵を体現する般若菩薩とを同格一体とみなす説を根拠としている。般若菩薩は『大般若経』第十四などに仏母と記されるように、諸仏の母とみなされており、その姿は密教の胎蔵界曼荼羅持明院に三目六臂で襤襠衣を着る坐像として描かれている。この持明院系の般若菩薩の実例は、一二世紀後半の愛知・七寺《ななつでら》の唐櫃の像などにみることができる。また、般若訳の『心地観経』巻三報恩品には「文殊菩薩は三世諸仏の母であり、十方の如来が初めて発心したのも、文殊の教えが及んだもの」とあり、『梁塵秘抄』ではこれをうけて、

文殊はそもく何人ぞ　三世の仏の母と在《いま》す　十方如来諸法の師　みなこれ文殊の力なり　（三六）

と歌っている。つまり、般若菩薩が襤襠衣を着るのは、仏母としての役割をもっているからに他ならず、般若菩薩と同体とされる文殊菩薩が襤襠衣をまとう理由もここにある。[10]

文殊像（「大蔵経」）

文殊菩薩は、女性尊格である般若菩薩と同体と認識されていたがゆえに貴族女性の着衣たる襤褸衣を身にまとい、また文殊の知恵により、諸仏が悟りへと導かれたことから、三世覚母と別称される。

平安中期に宋に渡った天台僧の寂照（俗名大江定基）が、五台山での体験として、文殊に遭遇した話が『今昔物語集』に載せられている。

寂照が五台山に詣でた折、様々な功徳を修する中で、湯を沸かして僧達に入浴させようとしたところ、「極テ穢気ナル女ノ、子ヲ抱タル、一ノ犬ヲ具シテ寂照ガ前ニ出来」た。この女は瘡《かさ》を病んでいて穢いこと限りがなかったので、これを見る者らは女を追い出そうと騒いだが、寂照はこれを制して、食物を与えた。女は寂照に、我が身の瘡の苦痛を訴えて、少しの湯浴みを願った。人々はこれを聞いていよいよ追い出さんとしたところ、女は後方に回って密かに湯屋に入ってしまった。これを知った人々が「打追ハム」と云いながら湯屋に入って見たところ、搔き消すがごとく女らの姿はなかった。

其時ニ人々驚キ怪ムデ、出テ見廻セバ、軒ヨリ上様ニ紫ノ雲光リテ昇レリ。人々此レヲ見テ、「此レ、文殊ノ化シテ、女ト成テ来給ヘル也ケリ」ト云ヒテ、泣キ悲ムデ礼拝スト云ヘドモ、甲斐無クテ止ニケリ。

（『今昔物語集』巻一九）[11]

文殊菩薩は女人に化身して現世に出現することもあると、平安朝期には認識されていたことが分かる。

市聖の空也上人が遭遇した女も文殊であったらしい。

昔、神泉苑の北門の外に一人の病女がいた。年老いて色衰えてしまっている。空也上人は憐れみの心から、彼の病女のために街で精のつく生ものを求めて養育していたところ、二か月ほどで回復した。ところが、この婦人は悩乱の体で、何か言いたげである。上人の問いかけに、婦人は次のように答えた。

婦人答云、精気撥塞、唯思二交会一。上人思慮遂有二汚色一。病女歎云、吾是神泉苑老狐。聖是大道心之上人也。此言未レ訖、忽然便不レ見。所レ臥薦席亦以无レ之。便知文殊等菩薩来、試二上人之心行一也。

（『六波羅蜜寺縁起』）[12]

智光曼荼羅として有名な智光の幼少期の説話にも姫君に変じた文殊菩薩が登場する。

昔、大和の国に大層な富家があり、屋敷の数も多く、多数の使用人をもち、池庭も善美を尽くしていた。その富家の門を守る使用人の童に麻福田丸《まふくだまる》がいて、池の辺りの芹を取っていたところ、ちょうど富家の姫君が遊びに出て来ているのを見掛け、その余りの美しさに恋をわずらって床に就いてしまう。その理由を聞いた母も、麻福田丸の願いを叶える手立てとてなく、これも心痛の余りに病床に伏すようになる。このことを侍女から聞いた姫君は、たいそう同情し、侍女を遣わして、近くにいるのだから折に触れて会うこともあろうと元気づける。姫君の言葉に本復した麻福田丸に姫君は、手習い・学問・仏道・修行などを勧める。麻福田丸が智光となって修行で廻国している間に姫君ははかなくなってしまう。姫君は文殊菩薩であった（『私聚百因縁集』巻七[13]）。

このように、平安朝から中世にかけて、文殊菩薩は女人としてもこの現世に出現するとの認識を確認すれば、建礼門院を文殊に比定するうえでの大きな障害は消えたといえよう。

## 三　龍宮城の安徳先帝

周知のように、安徳天皇には女性説が語られていた。その最初は安徳誕生時の儀式にまつわる不手際に関する事柄である。

今度の御産に、勝事あまたあり。まづ法皇の御験者。次に后御産の時、御殿の棟より、甑《こしき》をまろばかす事あり。皇子御誕生には南へおとし、皇女誕生には北へおとすを、是は北へ落したりければ、「こはいかに」とさわがれて、取りあげて落したりけれども、あしき御事に人々申しあへり。（覚一本巻三「公卿揃」）[14]

この平家の希望を託されて誕生した赤子が皇子ではなく、皇女であったかもしれないという暗示は、にも拘らずこれを秘匿して無理に無理を重ねて平家の権力を奪取した清盛への疑惑を巧みに織り込んだ話題だったのかもしれない。しかし、この話は清盛の横暴さを語るだけのものであったか。安徳天皇を語るときに、どうしても特筆大書しなければならない事柄は、彼が八歳で壇の浦に入水したという事実である。慈円は『愚管抄』で、安徳天皇が壇の浦に入水したことを、厳島の龍神と関連付けて論じている。

其後コノ主上ヲバ安徳天皇トツケ申タリ。海ニシヅマセ給ヒヌルコトハ、コノ王ヲ平相国イノリ出シマイラス事ハ、安芸ノイツクシマノ明神ノ利生ナリ。コノイツクシマト云フハ龍王ノムスメナリト申ツタヘタリ。コノ御神ノ、心ザシフカキニコタヘテ、我身ノコノ王ト成テムマレタリケルナリ。サテハテニハ海ヘカヘリヌル也トゾ、コノ子細シリタル人ハ申ケル。コノ事ハ、誠ナラントオボユ。（『愚管抄』巻五）[15]

安徳は厳島明神＝市杵島姫命《いちきしまひめのみこと》の生まれ変わりであるので、海底に引き込まれたと記すが、この理解の中にも安徳天皇＝市杵島姫命、すなわち安徳の女性としての性格と、安徳先帝は龍王の娘として、海底＝龍宮世界に棲み続けているという重い認識が窺える。しかも、当代一の知識人たる慈円が「コノ事ハ、誠ナラント覚ユ」と断言するほどに、信憑性をもって受け止められていた。

つまり、安徳天皇の女性説はどうしても、彼の龍宮城行宮説と結びつくし、そうであれば偶然にも安徳先帝の入水時の年齢が八歳であった事実が、法華経の龍女成仏説話の龍女が八歳であったことと重なるのである。もし、龍宮世界における安徳先帝が八歳の龍女であるなら、建礼門院は文殊菩薩として安徳や平家一門を成仏へと導かねばならないであろう。

龍女が仏になることは、文殊のこしらへとこそ聞け、さぞ申す、婆竭羅《しゃがら》王の宮を出でて、変成男子《へんじょうなんし》として終《つい》には成仏道。

（『梁塵秘抄』二九二）

龍女を成仏させるのは、文殊のこしらえなのである。

また、醍醐寺の国宝の渡海文殊像のような、龍宮世界へと赴く渡海文殊の作例が鎌倉時代には多くなるが、中世において、海の底の龍宮世界へと龍女を救出せんとするイメージが文殊菩薩には強くまつわりつくようになっていたのであろう。このことも、平家物語の一部のテキストにおいて、建礼門院が文殊菩薩として安徳先帝や一門を成仏へと導く認識をもつにいたらしめる一因であったかもしれない。それは、今様の、

文殊の海に入りしには、婆竭羅王波をやめ、龍女が南へ行きしかば、無垢や世界にも月澄めり

（『梁塵秘抄』二九三）

からも、文殊菩薩と海中世界とのイメージの結びつきの流布を窺うことができる。

作者は、『法華経』における妙音菩薩が、六道の苦しみにある衆生を救済し、王の後宮に女身として身を変じることを認識したうえで、建礼門院を妙音菩薩としたのであろう。すなわち、仏典、『法華経』に通じた人物であったろう。とすれば、その当時、妙音は文

殊の別称であることも知っていた可能性が高い。であれば、息子である安徳先帝が龍宮城において龍たる苦しみに苦しんでいるとする、『平家物語』六道語りの中に、建礼門院は菩薩であると記載する際に、その菩薩とは文殊として理解される可能性に想到しないということがあるであろうか。

## 四 結語

『平家物語』はその結末部で、安徳先帝や平家一門を成仏させる存在としての建礼門院を描く。その文脈、流れの中で、その考えを補強する材料として、長門本などの妙音菩薩説が付加されたのだろう。

「灌頂巻」では、建礼門院は彼女が経た栄華や苦難などの様々な経験を仏教の六道に譬えている。この六道巡りの話は、『平家物語』全体の結びとして重要であり、文学と宗教とが巧みに融合していて見事である。

壇の浦で入水したものの、源氏の兵に救出されてしまった建礼門院は、京都東山の吉田の辺りに仮住まいをしていた。元暦二（一一八五）年五月一日に、長楽寺の印西上人を戒師として、出家を遂げた。その布施として、壇の浦から携えてきた亡き安徳天皇の直衣《のうし》を差し出した。その後、京都が地震に見舞われたり、生捕となっていた宗盛親子などの悲しい知らせを耳にするにつけて、人里離れた山の奥に閉じこもらんと願っていたところ、仕えている女房のゆかりで、洛北大原の奥、寂光院へ移ることが出来た。大原は訪問する人もなく、聞えるものは山の猿や鹿の鳴き声か、木こりの斧の音くらいという静かな場所で、安徳帝の乳母、重衡卿の北の方、信西入道の娘など四五人の女房とともに、仏事をいとなんでいた。文治二（一一八六）年卯月《うづき》半ば、後白河法皇は前々から思っていた大原への御幸を実行に移す。近習の公卿たちを伴って、夏草の茂みを分け入ってようやくたどり着いた寂光院の質素なたたずまいは、国母として内裏に在ったころとの落差を思えば、法皇も哀れさを覚えざるをえない。後の山に、仏前に供える草花を摘んでいた建礼門院が草堂に立ち戻り、庵室で法皇と対面した。建礼門院は涙ながらに、都落ちしたあとの平家一門の苦難の生活を語るのであった。宗盛は法皇を頼みとし、西国へも同道せんと計画していたが、法皇は密かに比叡山に逃れてしまわれたので、安徳帝と平家一門のみの都落ちとなった。西海の浪の上を栖居《せいきょ》とし、浦風、松風、磯辺の千鳥の声々を聞きつつ年月を送るうち、九州大宰府に落ち着いた。しかし、そこを豊後の武士緒方三郎に攻められて味方が大混乱に陥るさまは、地獄の罪人もかくやとばかりであった。その後、讃岐の屋島に渡って、御所なども造営していたが、ここも九郎判官に奇襲されてまた海に逃れ、壇の浦での最期を迎えた。思うに、清盛入道在世の折の宮中での生活は、六道巡りの天上世界もかくやと思われ、一の谷、壇の浦での戦いは修羅道を、海の上での飢えは餓鬼道を痛感させられた。ある夜の夢に、安徳帝や母二位殿などが龍宮城に棲まうのを見て、ここには苦しみはないかと問うたところ、ここは畜生道であり、やはり苦しみがあると告げられた。自分は生きながらにして、六道巡りを体

建礼門院　小原御幸
（京都学・歴彩館蔵「新板絵入平家物語」）

験したのでしょう。その後はいよいよ朝夕の行業《ぎょうごう》を積み、一門の後生菩提を念じておりますとしめやかに語った。法皇は袖をしぼりつつ、あなたの行業によって、平家一門の妄念の罪も消え、菩提に縁を結ぶだろうと告げ、入相の鐘の響く頃、還御した。その後も、建礼門院は寂光院にて心静かに修行を続け、貞応二（一二二三）年の春、六十一歳にて往生の素懐を遂げた。

　このように、灌頂巻で重要な要素を占めている六道巡りであるが、本章で取り上げている文殊も声聞《しょうもん》や縁覚に身を変じて諸道を遍歴していると信じられていたらしい。

　大智度論第十云。文殊尸利分身変化シテ入二五道ノ中一。或ハ作二声聞一。或作二縁覚一。或作二仏身一。　（覚禅抄「五字文殊法」）[16]

声聞は釈迦の説法を聞いて、縁覚は十二因縁を観じて自ら悟りの境地へと至る者である。六道を経て、或る諦念に達した建礼門院にふさわしい。迷界が六道ではなく五道としているのは修羅道が入っていないからで、これがより古い形であった。

　本章では、長門本などの建礼門院＝妙音菩薩説への解釈として、妙音菩薩に文殊菩薩のイメージも重ねられている可能性を示してきた。ふつうに考えれば、この妙音菩薩は、『法華経』二十四「妙音菩薩品」に登場する菩薩とするのが妥当なところであろう。しかし、本章でその可能性を考えたように、これを文殊菩薩だとすれば、龍宮世界において龍たる苦しみに陥っている安徳先帝および平家一門を、『法華経』の教えを説くことによって、成仏へと導くであろう存在としての建礼門院がより鮮やかに浮かび上がってくる。

建礼門院が提婆品の菩薩であることを暗示することで、『平家物語』結末部は、法華経の世界と照応し、安徳先帝や一門が迷いを脱して成仏する場面を現出するのである。

では、なぜ長門本及び四部合戦状本の筆者は、建礼門院の本地仏を文殊菩薩と表記せずに、妙音菩薩としたのであろうか。

この問題は次のように解釈できないであろうか。すなわち、「文殊」と表記した場合、龍女を成仏へと導く菩薩のイメージが強くなりすぎて、建礼門院のもうひとつの側面がうまく表現できなくなってしまう懼れがあることである。六道巡りの建礼門院には、地獄道・畜生道・修羅道の苦界の印象が強烈であるが、しかし、その対極にある、高倉天皇の妃であり、安徳天皇の国の母としての天上道のイメージも当然あった。建礼門院という女性がもつ対極的で複合的なイメージを、より包括的に表現するには「妙音菩薩」の方が適していたであろう。この場面で、「妙音」と表記することで、長門本と四部合戦状本の読者は、或る者は『法華経』二十四品の妙音をイメージし、或る者は第十二提婆達多品の文殊を想像するという揺れが生じたことであろう。『平家物語』という長大な物語は、そうした揺れを峻拒はしないであろう。そもそも、諸テキストの派生という事態そのものが、揺れの再生産に他ならないのである。

仏教説話などで、この現世における種々の人間が、実は菩薩であったという話は少なくない。

書写山円教寺の性空上人は、『法華経』読誦の功を積んだ名僧であったが、生身の普賢菩薩を拝見したことのないことを残念に思っていた。このことを七日間祈念したところ、天童の告げによって、室の遊女のなかの長者こそが普賢菩薩であると知る。仲間の僧五人を具して室に至り、宿を取った。長者が宴席に侍って酌を取り、舞を舞うその姿は遊女であるが、性空上人が目をふさぎ心を静めて観念をすると、白象に乗った端厳柔和な普賢菩薩の姿である。目をあけると元の長者の姿であった。性空上人がありがたく思って席を辞すと間もなく、長者はみまかった。「この長者、遊女として年を送りしかども、たれかこれを生身の普賢とは露思ひ侍りし」と『選集抄』[17]は記している。

延暦寺の僧の智海法印は清水寺への百日参りの折、夜更けに下向していて、橋の上で法文を誦《ず》する白癩人と出会い、仏教のことを問答するに、「智海殆云マハサレニケリ。南北二京ニモ此程ノ学生ハアラジ物ト思テ、何処ニ有ゾト問ケレバ、此坂ニ候ト云ケリ。後日度々尋ケレド、不㆓尋遇㆒止了ヌ。若化人歟。」と、清水坂に居住する乞食を菩薩の化身かと疑っている（『古事談』第三「僧行」）[18]。清水坂はもちろん京都で最大の乞食居住地であった。浄蔵法師が六波羅蜜寺で大般若経を供養した折に、群衆の中から文殊を見出したとの話も残る。

また応和三年八月、空也上人六波羅寺の側にして、金字の大般若経を供養したり。大法師名徳の座に列す。時に乞食比丘来集の者、もて百数《あまた》々なり。大法師一比丘を見て、大きに驚き敬屈し、これを席の上に延《い》れて、得たるところの一鉢を与ふ。比丘辞せず言《ものい》はず、併せてもてこれを尽せり。重ねて更に飯を与ふるに、またこれを食す。大法師これを揖《ゆう》し、これを送る。比丘その後、食し尽すところの飯故《もと》のごとくにしてあり。大法師の云はく、これ文殊の化身なりといへり。万座皆歎伏せり。

（『拾遺往生伝』巻中「大法師浄蔵」）[19]

これらの話を見るに、菩薩は高貴な身分の存在とは対極的な人々へと化身する場合が多い。その点、建礼門院は、都落ちしてからの苦難に満ちた人生を見るに、いかにも菩薩が化身するにはふさわしいと言えよう。故に、建礼門院が菩薩の化身であったとする設定も、右に見た、隠身の聖としての系譜に連なるとまずは考えられる。

しかし、『平家物語』における建礼門院の場合は、長大な物語の主要なヒロインであり、右の仏教説話中の断片的な事例との類似性を指摘してそれでこと足れり、とはいかない気がする。この場合の建礼門院と近しいのは、むしろ室町期の本地物語のヒロインたちであろう。

建礼門院は、「菩薩」の化身とされた時点で、単なる物語の主人公から、仏神へと聖化されたわけである。前にもみたように、中世の仏教説話では、その登場人物が、観音や普賢菩薩の化身であったとする話が少なくない。建礼門院の場合もそのように理解してよかろう。ただ、建礼門院の場合は、長大な物語の主要な登場人物であり、中でもその六道巡りの叙述において、彼女は多くの過酷な運命に遭遇し、故郷である都を流離し、潮路に迷い、飢えに苦しみ、一族および我が子を戦いで失うという耐え難い苦しみを嘗め尽くした上での、「菩薩」という評価なのである。これは、多くの点で、後世の本地物といわれる物語形式と類似点をもつと認められよう。

周知のように、『熊野本地』や『厳島本地』、『伊豆箱根の本地』など、本地物の代表的作品は、高貴なヒロインの苦難と流離を描いているのである。

建礼門院の菩薩説が直接、後世の本地物語群に影響を与えたとまでは考える必要はないだろう。ただ、両者が同じ中世の時代思潮の産物であり、基本的には近似した宗教思想を共有していたことによる類似現象なのであろう。その意味で、建礼門院を菩薩とする事例は、後に中世の物語の大きな潮流をなした本地物語の先蹤と考えられる。建礼門院が、長編物語の単なる一ヒロインという立場から、「菩薩」という立場に変化したとき、彼女は仏神へと祀られたと考えることができるからである。

**注**

1 『平家物語　長門本』（名著刊行会）
2 『訓読　四部合戦状本平家物語』（高山利弘編　有精堂出版）
3 榊泰純「建礼門院と妙音菩薩」（『仏教文学』五号　一九八一年三月）。なお、建礼門院の妙音菩薩説に触れている先行研究としては、管見に入ったものとしては、次の諸論文がある。山田弘子「『長門本平家物語』の建礼門院」（『山口国文』一〇号　一九八七年三月）、兵藤裕己「平家物語の芸能神」（『平家物語の歴史と芸能』吉川弘文館　二〇〇〇年）、野沢由美「建礼門院の六道巡りについて」（『日本文学論究』第五一号　一九九二年三月）、名波弘彰「建礼門院説話群における龍畜成仏と灌頂をめぐって」（『中世文学』三八号　一九九三年六月）、山下宏明「妙音菩薩の化身、建礼門院の物語」（『いくさ物語と源氏将軍』三弥井書店　二〇〇三年）。

4 『梁塵秘抄』（日本古典文学大系）
5 『法華経』第二十四「妙音菩薩品」（坂本幸男・岩本裕訳注『法華経』岩波文庫）
6 兵藤裕己「平家物語の芸能神」（『平家物語の歴史と芸能』吉川弘文館　二〇〇〇年）
7 『渓嵐拾葉集』巻三十六
8 名波弘彰「建礼門院説話群における龍畜成仏と灌頂をめぐって」（『中世文学』三八号　一九九三年六月）
9 前注8
10 金子啓明「文殊五尊像」（日本の美術『文殊菩薩像』至文堂　一九九二年）
11 『今昔物語集』巻十九（日本古典文学大系）
12 「六波羅蜜寺縁起」（図書寮叢刊　伏見宮家九条家旧蔵『諸寺縁起集』明治書院　一九七〇年）
13 『私聚百因縁集』巻七（大日本仏教全書）
14 覚一本『平家物語』巻三「公卿揃」（新編日本古典文学全集）
15 『愚管抄』巻五「安徳」（日本古典文学大系）
16 『覚禅抄』「五字文殊法」（大日本仏教全書）
17 『選集抄』巻（岩波文庫）

18 『古事談』巻三「僧行」（古典文庫　現代思潮社）

19 『拾遺往生伝』巻中「大法師浄蔵」（日本思想体系）

# おわりに

本書では、平家物語及びその周辺の五人の女性たちを論じている。平家方に属する者三人、源氏方が二人である。この五人は、立場の違う女性たちであるにもかかわらず、皆、何かしらの宗教的色彩を帯びている。個々の女性たちの実人生は、ことさらに宗教的であったわけではない。その彼女らが、本書で論じたように、多分に宗教色を帯びているのは、物語の作者たちが彼女たちの物語に宗教色を与えることで、なにごとかを語ろうとしたのであろう。それはたとえば、横笛は、恋人を仏道へと導く善智識を。浄瑠璃御前は、恋する女性の犠牲的献身の姿を。巴御前は、おなり神の幻影を。千手前は武将を弔う女性像を。建礼門院は、安徳帝を悟りへと導く菩薩像を。

彼女たちは源平の戦いの渦中にあって、それぞれにつらい運命をたどって来た。しかし、物語作者は、そんな彼女たちの人生を悲しみの色でのみは描いていない。物語作者は、彼女たちにそれぞれの宗教的な幻影を見ていたのであろう。そしてそのことが彼女たちの人生に深みを与える結果をもたらしている。わたしたちは、彼女たちが身にまとっている幻影を読み解くことで、中世のひとびとの思念の一端に触れることが出来るのかもしれない。

令和二年　春

著者

**濱中 修**（はまなか おさむ）
1954年　大分県生まれ
中央大学大学院修了
専攻：中世物語文学
現職：国士舘大学文学部教授
著書：
『新註　室町物語集』（1989年，勉誠社）
『室町物語論攷』（1996年，新典社）
『阿仏尼』（共著，1996年，新典社）
『女神たちの中世物語』（2011年，新典社）
『物語の中の京都』（2018年，新典社）

---

新典社新書 79
# 平家物語とその周辺
女性たちの物語

---

2020 年 3 月 30 日　初版発行

著者 ——— 濱中修
発行者 ——— 岡元学実
発行所 ——— 株式会社 新典社
〒101-0051　東京都千代田区神田神保町1-44-11
編集部：03-3233-8052　営業部：03-3233-8051
ＦＡＸ：03-3233-8053　振　替：00170-0-26932
http://www.shintensha.co.jp/　E-Mail:info@shintensha.co.jp
検印省略・不許複製
印刷所 ——— 惠友印刷 株式会社
製本所 ——— 牧製本印刷 株式会社
© Hamanaka Osamu 2020　Printed in Japan
ISBN 978-4-7879-6179-2 C0295

定価はカバーに表示してあります。
乱丁・落丁本は、お取り替えいたします。小社営業部宛に着払でお送りください。